MANDY MOORE

ICH WILL ES HEFTIG

EROTISCHE GESCHICHTEN

BLUE PANTHER BOOKS

BLUE PANTHER BOOKS TASCHENBUCH
BAND 2922
1. AUFLAGE: JUNI 2025

VOLLSTÄNDIGE TASCHENBUCHAUSGABE
ORIGINALAUSGABE

LEKTORAT: MARIE GERLICH

COVER:
© GERAIN0812 @ 123RF.COM
© RUNNA @ 123RF.COM
UMSCHLAGGESTALTUNG: MT DESIGN
GESETZT IN DER TRAJAN PRO UND ADOBE GARAMOND PRO

PRINTED IN POLAND
ISBN 978-3-7507-5019-7

WWW.BLUE-PANTHER-BOOKS.DE

HERSTELLER: BLUE PANTHER BOOKS OHG
OSTERFELDSTRASSE 12-14 | 22529 HAMBURG | DEUTSCHLAND
E-MAIL: INFO@BLUE-PANTHER-BOOKS.DE

INHALT

Mit dem Gutschein-Code

MO41TBTGYS

Erhalten Sie auf WWW.BLUE-PANTHER-BOOKS.DE
diese exklusive Zusatzgeschichte als E-Book
in den Formaten PDF, E-PUB und Kindle.
Registrieren Sie sich einfach online oder
schicken Sie uns die beiliegende Postkarte
ausgefüllt zurück!

KNIE NIEDER DU SCHLAMPE

Mein Name ist Benita Döring. Im Moment putze ich zweimal die Woche bei einer älteren Dame, während mein Mann Abteilungsleiter eines großen Softwareunternehmens ist. Wir sind seit fünfzehn Jahren verheiratet, aber seit mehreren Jahren ist der Wurm drin. Ich habe lange überlegt, jetzt steht mein Entschluss fest: Ich ziehe aus. Für den Anfang werde ich bei einer Freundin wohnen – Wanda, wir haben uns auf einer Party kennengelernt. Wanda ist sehr offen und wir haben schon so manches miteinander erlebt. Letztes Jahr waren wir zum Beispiel zusammen im Urlaub an der Ostsee.

Als mein Mann nach Hause kommt, sind meine Koffer bereits gepackt.

»Hallo Schatz, was ist los? Willst du weg?«, fragt mich Bernd mit einem großen Fragezeichen im Gesicht. Bernd ist so leicht zu lesen wie ein offenes Buch. Fast tut er mir leid, aber ich weiß, dass es für mich kein Zurück mehr gibt. Dieses einfache Leben ohne Spannung, ohne Aufregung – einmal im Jahr in den Urlaub fahren und ab und zu essen gehen – ist nichts für mich.

Ich sehe Bernd mit großen Augen an. Ein Kloß steckt in meinem Hals, als ich antworte: »Es tut mir leid, Bernd, aber zwischen uns läuft es doch schon lange nicht mehr. Ich trenne mich von dir.«

»Moment, nur damit ich die Sache richtig verstehe. Du willst dich von mir trennen? Einfach so, ohne mit mir zu reden, ohne mir zu erklären, warum und wieso? Ich gehe Tag für Tag arbeiten, sorge dafür, dass es dir an nichts mangelt, und jetzt packst du deine Koffer und sagst einfach Tschüss, tut mir leid, war schön mit dir? Ist das ein Scherz? Kommt hier gleich einer um die Ecke und sagt: Wir haben Sie reingelegt, hier ist unsere versteckte Kamera?«

»Bernd, das ist kein Scherz. Es ist besser, wenn wir uns trennen, unsere Beziehung ist zu Ende. Und ja, es gibt eine andere.«

Bernd schaut mich mit großen Augen an. Ich sehe, wie sein Adamsapfel auf und ab hüpft. »Bitte was? Ich glaube, ich habe mich verhört.« Ich sehe in seinen Augen, dass er die Situation immer noch nicht richtig einordnen kann.

»Ich verlasse dich, Bernd. Es war schön mit dir, wir hatten eine schöne Zeit und die schönen Momente mit dir werde ich nie vergessen. Aber hier bei dir vertrockne ich wie eine Blume, die seit langer Zeit kein Wasser mehr bekommen hat. Ich gehe langsam ein und das will ich nicht. Tut mir leid. Ich wünsche dir von Herzen, dass du die richtige Frau für dich findest. Du bist ein lieber Mensch und von mir aus können wir Freunde bleiben.«

Eine Sekunde lang herrscht Stille. Die Luft ist so dick, dass man sie mit einem Messer schneiden könnte.

Ich sehe, wie seine Halsschlagader anschwillt, dann platzt es aus ihm heraus: »Verschwinde, mach, dass du wegkommst! Ich will dich nie wiedersehen, du Schlampe!« In seiner Stimme liegt eine Kälte, wie ich sie in den letzten fünfzehn Jahren nie gehört habe.

Ich habe plötzlich das Gefühl, dass eine fremde Person vor mir steht. Mein Herzschlag beschleunigt sich etwas. »Bernd, bitte versteh doch …«, sage ich, doch Bernd schneidet mir das Wort ab.

»Du sollst verschwinden, mach, dass du hier rauskommst, du kleine Schlampe!«, wiederholt er, schnappt sich einen meiner Koffer und stampft Richtung Haustür, von wo aus er meinen Koffer auf die Straße schmeißt. Der Verschluss öffnet sich und Unterwäsche, Kleider und Hosen verteilen sich auf dem Gehweg.

»Bernd, versteh doch …«, versuche ich abermals, die Wogen zu glätten, aber mein Ex lässt mich nicht zu Wort kommen.

»Schönes Leben noch mit deinem Neuen, du Schlampe!«, brüllt er, dann geht er zurück ins Haus und knallt die Tür hinter sich zu.

Ich schlucke. Zwar wusste ich, dass Bernd nicht erfreut sein würde, aber mit so einer Reaktion hatte ich nicht gerechnet. Ich war viele Jahre mit Bernd zusammen, habe ihn aber nie so erlebt wie heute. Habe ich Bernd je richtig gekannt? Eine Träne läuft meine Wange hinab, während ich dabei bin, meine Kleidungsstücke vom Gehweg aufzusammeln.

Wanda springt aus dem Auto und eilt mir entgegen, um mir zu helfen. Ich schluchze und als wir meine Sachen im Koffer verstaut haben, nimmt sie mich in den Arm und sagt: »So schlimm? Hey, mach dir keinen Kopf. Es war die richtige Entscheidung, du hast auf dein Herz gehört und das ist nie verkehrt, Kleines. Komm schon, wir machen uns heute einen richtig schönen Abend mit Kerzenschein und etwas Leckerem zu essen! Außerdem habe ich eine Überraschung für dich. Du sagst doch immer, du magst Abenteuer, oder?«

Ich seufze, als ich ins Auto steige. Für heute hatte ich bereits genug Abenteuer. Das alles kommt mir so unwirklich vor, fast wie ein Traum. Obwohl ich heulen könnte, fühle ich mich erleichtert. Endlich sind das Versteckspiel und die Lügen vorbei.

»Was möchtest du? Gleich zu mir oder noch was trinken gehen?«, fragt mich Wanda.

»Gehen wir zu dir, ich will jetzt keinen Trubel und keine Menschen um mich herum.«

Wandas Haus liegt am anderen Ende der Stadt. Ein gusseisernes Tor blockiert die Einfahrt zum Hof, aber Wanda betätigt einen Knopf an ihrem Schlüsselbund, woraufhin sich das Tor wie von Geisterhand öffnet. Ich könnte Wanda mit ihren langen roten Haaren, die fast wie Flammen aussehen, stundenlang ansehen.

Nachdem sie den Wagen durch die Einfahrt gelenkt hat und ihn zum Stehen bringt, sagt sie: »Da wären wir.«

Ich steige aus und hole meinen Koffer aus dem Kofferraum. Ich kann kaum glauben, dass ich hier bin und dass ich Bernd für Wanda verlassen habe. Doch es war die richtige Entscheidung. Jetzt fühle ich mich frei, so frei wie ein Vogel im Wind.

Wandas Anwesen ist riesig. Ich frage mich manchmal, woher sie die Mittel hat, um so einen Lebensstil führen zu können. Wanda hat keinen Partner an ihrer Seite. Gut, sie arbeitet bei einer Marketingfirma, aber verdient man als Werbekauffrau wirklich so gut?

Einige Löwen aus Marmor kreuzen meinen Weg zur Treppe, die aus schwarz melierten Fliesen besteht. In der Mitte vor dem Eingang steht ein kleiner Springbrunnen. Das Dach der Villa besteht aus schwarzen Dachpfannen und einer silbernen Dachrinne. Das Grundstück muss riesig sein. *Wie schafft sie es nur neben ihrer Arbeit, alles in so gutem Zustand zu halten?*, frage ich mich, während ich meinen Koffer die Stufen hinaufschleppe.

Wanda öffnet die Tür und sagt: »Trete ein und fühle dich ganz wie zu Hause.«

Ein Flur aus hellen Fliesen, ein goldener Kronleuchter an der Decke und Möbel aus dunklem Eichenholz. Diese Einrichtung und das Haus müssen ein Vermögen gekostet haben, denke ich.

»Du kannst deinen Koffer oben im Schlafzimmer abstellen. Die Treppe hoch, das erste Zimmer links. Möchtest du einen Kaffee?«, fragt Wanda.

Ich nehme ihr Angebot an, während ich mich mit meinen Koffern die Treppe nach oben arbeite. Mehrere Bilder von nackten Frauen in interessanten Posen säumen meinen Weg. Dabei fällt mir ein Bild besonders ins Auge. Es zeigt eine in einem Käfig eingesperrte Frau. Sie kniet auf dem Boden des Käfigs und blickt nach unten. Ihr langes blondes Haar fällt sanft ihren Rücken hinab. Ihre kleinen Brüste und ihre Pobacken sind in dieser Position gut erkennbar, doch ihr Gesicht bleibt verborgen. Vor dem Käfig steht ein ebenfalls nackter Mann mit einer schwarzen Maske. In der Hand hält er eine neunschwänzige Lederpeitsche. Ich betrachte das Bild einige Sekunden lang, ehe ich meinen Weg nach oben fortsetze. Die Absätze meiner Schuhe klacken auf dem Marmorboden, es hört sich hell an, ganz anders als in meinem alten Leben.

Das Geländer der Wendeltreppe ist vergoldet, mit einem schwarzen Griff. Nicht ganz mein Geschmack, aber es ist okay. Ein riesiger Kronleuchter aus Kristallglas hängt an sieben goldfarbenen Ketten von der Decke herab. Die Koffer in meinen Händen werden mit jeder Stufe schwerer.

Als ich oben ankomme, setze ich mein Gepäck für ein paar Sekunden ab und atme tief durch. Der Geruch von frischem Kaffee steigt mir in die Nase, als ich meine Koffer wieder nehme und ins Schlafzimmer bringe. Ein großes Bett mit einem bogenförmigen Rahmen aus Metall drängt sich in mein Blickfeld. Nicht ganz mein Geschmack, aber es bietet genügend Platz für uns beide. Ein Läufer aus rotem Kaschmir liegt vor dem Bett.

»Wie ich sehe, hast du das Schlafzimmer gefunden«, vernehme ich Wandas Stimme hinter mir. Der Geruch von frischem Kaffee steigt mir in die Nase. Als ich mich zu ihr umdrehe, hält sie eine dampfende Tasse in der Hand.

Unsere Blicke treffen sich, ihre braunen Augen fixieren meine und ich habe das Gefühl, in ihnen zu versinken. Mein Herzschlag beschleunigt sich, meine Hände werden feucht. Was ist das? Was hat das zu bedeuten? Habe ich mich etwa ...?

Ich schüttele den Gedanken ab. Das ist Blödsinn, ich bin doch kein Teenager mehr, der von einem zum anderen hüpft – und dann mit einer Frau? Ich schließe für eine Sekunde die Augen und atme tief ein und aus.

»Hey, ist alles in Ordnung?«, fragt mich Wanda.

Ich drehe mich weg von ihr und antworte: »Ja, ist alles okay. Hast du auch Hunger?« Ich nehme ihr den Kaffee aus der Hand, nippe an der Tasse.

»Soll ich uns was kochen oder möchtest du lieber essen gehen?«, fragt mich Wanda.

»Nein, danke, ich habe keine Lust auf Trubel. Soll ich dir helfen?«

»Nicht nötig. Pack in Ruhe deinen Koffer aus, ich rufe dich, wenn das Essen fertig ist!«

Ich setze mich aufs Bett. Wie kann es sein, dass ich kaum eine halbe Stunde nach meiner Trennung von Bernd dieses Verlangen in mir spüre, Wanda zu umarmen und zu liebkosen? Kann ich mich wirklich so schnell von einem Mann lösen, mit dem ich die letzten fünfzehn Jahre meines Lebens verbracht habe? Darf das sein? Ich bin doch kein Flittchen, oder?

Ich schiebe den Gedanken beiseite. Scheiß auf die Moral!

Nachdem ich meinen Koffer ausgepackt habe, eile ich zu Wanda in die Küche. Sie steht am Herd, ihr graziler Körper raubt mir kurz den Atem. Wie gern wäre ich auch so durchtrainiert wie sie. Der Geruch von Knoblauch, gebratenem Speck und Tomaten steigt mir in die Nase und das Wasser läuft mir im Mund zusammen. Ich trete auf Wanda zu, die mit einem Löffel in der Soße rührt, und schlinge meine Arme um ihren Bauch, dann küsse ich zärtlich ihren Nacken.

Wanda dreht den Kopf zu mir, lächelt mich an und sagt: »Nicht jetzt. Deck doch schon mal den Tisch, ich habe noch eine Überraschung für dich!«

Beim Ton ihrer Stimme läuft mir ein kalter Schauer über den Rücken. So kenne ich meine Freundin nicht, in diesem bestimmenden Ton hat sie noch nie zu mir gesprochen. Ich weiche von ihr zurück und beginne schweigend mit den Vorbereitungen. In einer der Schubladen finde ich eine Kerze und einen Kerzenständer.

»Möchtest du ein Glas Wein zum Abendessen?«, frage ich, während ich eine rote Kerze auf den Tisch stelle.

»Sehr gern, im rechten Wohnzimmerschrank steht noch eine halb volle Flasche Spätburgunder.«

Ich eile ins Wohnzimmer, hole die Flasche Rotwein und decke den Tisch. Dabei achte ich darauf, dass die Teller genau mit der Tischkante abschließen und sich das Messer rechts und die Gabel links vom Teller befindet. Genau wie in einem Restaurant. Beethovens neunte Sinfonie erklingt aus den Boxen im Wohnzimmer. Nicht ganz mein Musikgeschmack, aber passend für den heutigen Abend.

»Kannst du die Nudeln abgießen?«, fragt meine Freundin und verlässt die Küche.

Ich gebe die Nudeln in ein Sieb und schrecke sie mit Wasser ab. Anschließend schwenke ich sie in einem Topf zusammen mit etwas Butter und frage: »Wanda, kommst du? Das Abendessen ist fertig.«

»Einen Moment noch, ich bin gleich so weit«, antwortet Wanda aus dem Schlafzimmer.

Als sie kurz darauf das Wohnzimmer betritt, verschlägt es mir die Sprache. Wanda trägt ein hautenges Oberteil aus Latex, in welchem ihre Brüste gut zur Geltung kommen. Der Minirock ist so kurz, dass er gerade so ihren Hintern bedeckt. Dazu trägt sie schwarze Lederstiefel mit hohen Absätzen. Ihre Lippen sind mit rotem Lippenstift überzogen.

Mit offenem Mund starre ich meine Freundin an. Der Speichel tropft mir von den Lippen und ich weiß nicht, was ich sagen soll. Meine Hände sind ganz feucht. »Hey, du siehst klasse aus!«, bringe ich schließlich heraus.

»Ich weiß, und ich habe heute noch einiges mit dir vor«, meint Wanda und schenkt mir ein Lächeln, bei dem es mir kalt den Rücken hinunterläuft. Meine Freundin gießt mir ein wenig Wein ein, reicht mir die Nudeln und sagt: »Ich hoffe, es schmeckt dir«, ehe sie sich selbst etwas nimmt.

Das Essen ist köstlich, aber ob ich es will oder nicht, ich kann den Blick nicht von Wanda abwenden. So habe ich so noch nie gesehen. Was hat sie nur für eine Wahnsinnsfigur! Und erst ihr rotes Haar – es scheint im Kerzenlicht zu leuchten. Ich wische meine feuchten Hände an der Serviette ab. Wanda sieht für mich aus wie eine Amazone, ihr rotes Haar scheint kleine Funken zu sprühen, welche mein Herz in Flammen setzen.

Nach dem Essen kommt Wanda zu mir und küsst mich. Unsere Zungen treffen sich und vollführen einen wilden Tango, der mal in ihrem und mal in meinem Mund stattfindet. Die Welt scheint in dieser Sekunde für mich stehen zu bleiben. Die Trennung von Bernd ist jetzt weit weg.

Dann löst sich meine Freundin aus meiner Umarmung und fragt: »Hast du schon mal mit einer Frau geschlafen?«

»Nein, habe ich nicht«, antworte ich.

»Möchtest du mit mir schlafen?«

»Ja, das will ich.«

Ich bin überrascht, als die Worte über meine Lippen kommen. Das alles kommt mir so surreal vor. Träume ich oder geschieht das gerade wirklich? Das Feuer in meinem Inneren lodert und ich habe das Gefühl, als würden tausend Schmetterlinge durch meinen Bauch schwirren.

»Willst du dich mir unterwerfen und meine kleine TPE-

Sklavin sein?«, fragt Wanda.

Das Wort *TPE-Sklavin* leuchtet in roten Lettern vor meinem inneren Auge auf. Das bedeutet keine Rechte mehr, aber auch keine schweren Entscheidungen mehr treffen müssen und ständig geiler ... Ich bringe den Gedanken nicht zu Ende und sage: »Ja ich möchte deine kleine TPE-Sklavin sein.«

Wanda löst sich aus meiner Umarmung und schaut mich durchdringend an, dann sagt sie: »Zieh dich aus, du Schlampe, und ein bisschen plötzlich, wenn ich bitten darf!«

Ich schlucke, tue aber, wie mir befohlen wird. Ist das wirklich meine Freundin Wanda, mit der mich seit vielen Jahren eine Freundschaft verbindet?

Ich öffne meine Bluse und lasse sie zu Boden gleiten, sodass mein schwarzer Spitzen-BH zum Vorschein kommt. Anschließend öffne ich meine Hose und lasse sie an mir hinuntergleiten. Nachdem ich mich auch meiner Schuhe und Netzstrümpfe entledigt habe, stehe ich nur noch in Unterwäsche vor meiner Freundin.

Wanda verpasst mir eine Ohrfeige, dann sagt sie: »Habe ich nicht gesagt alles, du Schlampe?«

Ich schreie auf, als Wandas Hand meine Wange trifft, dann sage ich: »Ver... Verzeihung, Wanda!« und beeile mich, meine Unterwäsche auszuziehen.

»Für dich heiße ich nicht mehr Wanda, sondern ab sofort Herrin, du Schlampe! Nachher wirst du die passende Strafe für deine Unzulänglichkeiten bekommen«, sagt meine Freundin und ich schlucke. Was für eine Strafe meint sie?

»Verschränke die Hände hinter dem Nacken und die Beine weiter auseinander! Wirds bald!«, sagt meine Freundin.

Ich beeile mich, ihrem Befehl Folge zu leisten. Als Wanda ein paar Schritte auf mich zukommt, bis sich unsere Nasenspitzen berühren, halte ich den Atem an.

»Ab sofort bin ich nicht mehr deine Freundin, sondern deine Herrin. Ich entscheide, wann du isst und was du isst. Ich entscheide, wann du Sex hast und wann du zur Toilette darfst. Wann immer ich es wünsche, hast du deine Löcher jedem Mann und jeder Frau bedingungslos zur Verfügung zu stellen. Außerdem ist es dir ab sofort verboten, ohne meine Erlaubnis an dir selbst herumzuspielen oder zum Orgasmus zu kommen. Hast du das verstanden?«

Ich schlucke. Ohne ihre Erlaubnis darf ich in Zukunft also nicht einmal meine Notdurft verrichten. Das ist demütigend, doch gleichzeitig gefällt es mir. Zudem soll ich mit Männern und Frauen gleichzeitig Sex haben. Das könnte sehr aufregend werden, kommt mir in den Sinn und ich antworte: »Ganz wie Sie wünschen, Herrin.«

Wanda setzt sich auf den Stuhl. In meinem Inneren herrscht absolutes Chaos. Erregung und unglaubliche Demütigung liefern sich einen Kampf, aus dem keiner der beiden Gefühle als Sieger hervorzugehen scheint.

»Wenn du wirklich meine TPE-Sklavin sein willst, dann komm rüber zu mir, zieh mir Stiefel und Strümpfe aus und küss mir die Füße!«

Ich schlucke. Ist das wirklich Wandas Ernst? Ich soll ihr die Füße …?

Ich sinke auf die Knie und ziehe Wanda Schuhe und Strümpfe aus. Sie hat sehr ansehnliche Füße, fällt mir auf. In dieser Sekunde würde ich am liebsten im Erdboden versinken. Ich schürze die Lippen und küsse beide Füße je einmal. Wenigstens sind Wandas Füße sauber, denke ich.

»Sehr schön, du kleine Schlampe, das hast du wirklich gut gemacht. Und jetzt verschränke die Arme hinter dem Nacken und die Beine weiter auseinander!«

Ich beeile mich, ihrem Befehl Folge zu leisten. Meine Herrin macht einige Schritte auf mich zu. Herrin – ein Wort, bei dem mir ein kalter Schauer über den Rücken läuft. Ihre Finger fahren langsam über meinen Oberkörper bis zu meinen Brüsten. Vorsichtig spielt Wanda mit meinen Nippeln, ehe sie meine Brustwarzen so fest zusammenpresst, dass meiner Kehle ein leises Stöhnen entweicht.

»Und, wie gefällt dir das, du Schlampe?«, fragt mich Wanda.

»Sehr gut, Herrin, danke«, antworte ich und es stimmt – mir gefallen Wandas Berührungen. Ihre Hände sind so sanft und ihre Haut ist viel weicher als die meines Ex.

Die Hände meiner Herrin gleiten von meinen Brüsten hinab nach unten über meinen Bauch, bis sie zwischen meinen Beinen verharren.

»Was ist das, du Miststück? Dieser Urwald da unten. Ich dulde keinen Wildwuchs bei meinen Sklavinnen. Du wirst den Wildwuchs nach Inspektion umgehend entfernen. Hast du verstanden?«

»Ganz, wie Sie wünschen, Herrin«, antworte ich, während sie langsam mit zwei Fingern in mich eindringt. Als sich ihre Finger langsam in meine Lustgrotte bohren, kommt mir ein leises Stöhnen über die Lippen und meine Nippel werden ganz hart.

»Schön eng, das gefällt mir. Und jetzt dreh dich um und streck mir deinen Arsch entgegen!«, sagt meine Herrin.

Ohne zu zögern, tue ich, was meine Herrin von mir verlangt. Ein kalter Schauer läuft mir über den Rücken, als Wandas Hände langsam über meine Pobacken gleiten, dann verspüre ich einen stechenden Schmerz, als sich zwei Finger langsam in meinen Anus bohren. Ich merke, wie es mich erregt und ich bei Wandas Berührungen geil werde.

»Sehr schön, du Schlampe, ich bin zufrieden mit dir. Jetzt geh ins Bad und entferne deinen Busch da unten! Und wehe, ich entdecke da unten anschließend auch nur noch ein Schamhaar!«, sagt meine Herrin.

Ich gehe ins Bad, lasse etwas Wasser in die Badewanne laufen und befeuchte meine Schamlippen mit Leitungswasser. Anschließend trage ich Rasierschaum auf meine Schambehaarung auf und nehme den Ladyshaver aus dem Kulturbeutel. Der Schaum fühlt sich angenehm zwischen meinen Beinen an. Ich setzte den Ladyshaver an und beginne, meine Scheide vom Wildwuchs zu befreien. Ein kleiner Wermutstropfen legt sich auf mein Herz, als die ersten Haare auf dem Boden der Badewanne landen. Ich mochte meinen Busch. *Und wehe, ich entdecke da unten anschließend auch nur noch ein Schamhaar,* hallen Wandas Worte in mir wieder. Immer mehr Haare fallen dem Rasierer zum Opfer. Hatte ich wirklich so viele Haare da unten?

Als ich mit der Rasur fertig bin, fahre ich mir zwischen die Beine. Es ist ein seltsames Gefühl ohne Schambehaarung, aber keineswegs unangenehm. Ich steige aus der Wanne und entferne die Haare.

Als ich die Stimme meiner Herrin höre, fahre ich zusammen. »Was dauert das so lange, du Miststück, bist du bald fertig?«

»Noch eine Minute, Herrin«, antworte ich schnell. *Herrin,* das Wort taucht in roten Lettern vor meinem inneren Auge auf. Ich schlucke. Bei dem Gedanken daran, dass ich eine willenlose kleine Sexschlampe bin, muss ich innerlich grinsen.

»Das wird aber langsam Zeit. Für deine Lahmarschigkeit wirst du gleich deine erste Strafe erhalten, hast du verstanden?«, fragt meine Herrin, als ich die Küche betrete.

»Ich bitte um Verzeihung, Herrin«, antworte ich, während ich vor ihr auf die Knie gehe und den Blick zu Boden richte.

Meine Herrin lacht, dann antwortet sie: »Erhebe dich!«

Ich tue, wie befohlen, wobei ich die Arme hinter dem Rücken verschränke, und zwar so, dass jede Hand den jeweils anderen Unterarm umfasst.

Wanda tritt auf mich zu. Ich halte den Blick zu Boden gerichtet, kann ihre Blicke jedoch förmlich auf meiner Haut spüren. Ihr Blick scheint sich durch meine Haut bis in meine Seele zu fressen. Ich spüre, wie ihre Finger über meine Schamlippen fahren, dann sagt sie: »Sehr gute Arbeit, nur leider zu langsam. Dafür werde ich dich jetzt bestrafen. In Zukunft hast du deine Fotze täglich zu rasieren. Ich habe keine Lust auf einen Urwald, verstanden?«

»Ja, ich habe verstanden, Herrin«, antworte ich.

Ich stöhne auf, als meine Herrin mir über die Schamlippen streichelt, was mich sehr erregt. Meine Brustwarzen werden hart und ich verspüre den Drang, abzuspritzen.

»Bitte Herrin, darf ich kommen?«, frage ich.

»Nach deinem Fehlverhalten wagst du es, eine solche Bitte auszusprechen? Das ist echt stark. Ich glaube, deine Strafe muss doch noch ein wenig härter ausfallen. Das Frühstück morgen ist für dich gestrichen, du wirst frühestens gegen Mittag etwas zu essen bekommen. Solltest du mich in dieser Zeit jedoch abermals enttäuschen, könnte auch das Mittagessen ausfallen. Hast du das verstanden, du Schlampe?«

Ich schlucke. Ich soll morgen früh nichts zu essen bekommen? Damit habe ich nicht gerechnet, dennoch antworte ich: »Sehr wohl, Herrin.«

»Zudem werde ich in Zukunft entscheiden, was du zu essen bekommst, und es gibt kein *Ich mag das nicht*. Verstanden, du kleine Schlampe?«

»Ganz, wie Sie befehlen, Herrin«, antworte ich, wobei mir eine Träne über die Wange läuft. Wanda weiß, wie gern ich zum Frühstück gebratenen Speck mit Rührei esse. Und jetzt soll ich darauf verzichten.

Ich nehme mir fest vor, meine Herrin nie wieder zu enttäuschen.

»Morgen früh wirst du den Frühstückstisch für mich decken. Ich nehme Rührei mit gebratenem Speck und zwei Brötchen mit Tomaten, Zwiebeln, Salz und Pfeffer. Und obendrauf eine Scheibe Kochschinken. Natürlich gibt es dazu eine Tasse schwarzen Kaffee. Ich frühstücke um halb sieben, bis dahin hast du morgen den Tisch gedeckt, verstanden?«

»Ja, Herrin«, antworte ich.

»Und wage es nicht, zu naschen. Ich weiß sehr genau, was ich im Kühlschrank habe, und merke, wenn etwas fehlt. Und jetzt in den Käfig mit dir!«

Wanda packt mich an den Haaren und führt mich zu einem knapp einen Quadratmeter großen Käfig. *Will sie mich wirklich da rein…?* Ich bringe den Gedanken nicht zu Ende und schlucke, ein Kloß breitet sich in meiner Kehle aus. Wie lange will sie mich da drinlassen? Die ganze Nacht?

»Das wird ab sofort dein Schlafplatz sein, hast du verstanden?«, höre ich Wanda sagen.

»Ja, Herrin.«

Ohne etwas zu erwidern, begebe ich mich ins Innere des Käfigs. Er ist mit einer Gummimatte ausgelegt, sodass es wenigstens nicht allzu unbequem wird.

»Und jetzt die Hände auf den Rücken!«, sagt Wanda.

Ich tue, wie mir befohlen wird. Ein kalter Schauer läuft mir den Rücken hinab, als ich das Klicken der Handschellen höre.

»Und jetzt, du kleines Miststück, habe ich noch eine weitere Überraschung für dich«, sagt Wanda mit einem hinterhältigen Grinsen. Alles in meinem Inneren zieht sich zusammen und der Takt meines Herzens schnellt in die Höhe. Was hat meine

Herrin vor?

Wanda verbindet mir die Augen mit einem Seidentuch. Mit hinter dem Rücken gefesselten Händen und verbundenen Augen knie ich nackt auf dem Boden des Käfigs. Als die Käfigtür zuschlägt und ich das Klimpern eines Schlüssels höre, wird mir bewusst, dass ich für längere Zeit hier drin sein werde. Ich überlege, ob ich etwas erwidern soll, entscheide mich aber dagegen.

Wie soll ich so schlafen?, frage ich mich. Ich höre, wie meine Herrin den Raum verlässt, und schlucke. Wie sehr vermisse ich die zärtlichen Berührungen ihrer Hände auf meiner Haut. Meine Blase meldet sich und meine Schultern schmerzen. Dass ich zur Unbeweglichkeit verdammt wie ein Tier in einem Käfig hocke, erregt mich. Ich überlege, ob ich meine Herrin fragen soll, ob ich auf die Toilette gehen darf, lasse es aber. Es geilt mich auf, den Druck auf meiner Blase zu spüren. Ich zittere vor Erregung und ein leises Stöhnen kommt mir über die Lippen, wobei meine Brustwarzen ganz hart werden.

Der Druck auf meiner Blase wird mit jeder Minute stärker. Je größer der Drang wird, mich zu entleeren, desto größer wird mein sexuelles Verlangen. *Was wohl zuerst geschehen wird?*, frage ich mich, während der Druck langsam ansteigt. Ich ziehe die Knie so weit wie möglich an, um das Verlangen hinauszuzögern. Dieser Moment gehörte nicht Wanda oder sonst wem. Dieser Moment gehört mir allein. Wie gern möchte ich jetzt an mir herumspielen, das ist mir aber leider durch die Handschellen unmöglich. Ein letztes Mal versuche ich, dem Druck in meiner Blase Einhalt zu gebieten, ehe ich spüre, wie es unter mir warm wird. Es ist erniedrigend und angenehm zugleich.

Nachdem sich meine Blase entleert hat, entweicht mir ein Stöhnen und ich komme.

***

Am nächsten Morgen weckt mich meine Herrin mit den Worten: »Guten Morgen, du Schlampe« und befreit mich von der Augenbinde. Meine Augen brauchen etwas Zeit, um sich an das Tageslicht zu gewöhnen, dann sehe ich Wanda mit unschuldigen Augen an.

»Was ist das?«, fragt meine Herrin und deutet auf die Pfütze neben mir.

Ich schlucke und senke den Blick.

»Antworte mir!«

Beim Klang ihrer Stimme zucke ich zusammen. »Entschuldigen Sie bitte, Herrin, mir ist letzte Nacht leider ein kleines Missgeschick passiert«, antworte ich, ohne Wanda in die Augen zu sehen.

»Das bedeutet, dass für dich heute auch das Mittagessen ausfällt«, sagt meine Herrin und holt mich aus dem Käfig.

Mein Magen knurrt bereits jetzt und ich soll bis heute Abend durchhalten?

»Das heißt …«, sagt Wanda und ich atme erleichtert auf.

»Du bekommst doch etwas, denn du wirst jetzt dein Missgeschick mit der Zunge auflecken. Na los, mach schon, du kleine Drecksau!«, sagt Wanda und lacht.

Ich schlucke. Meint meine Herrin das wirklich ernst? Ein Schlag mit der Peitsche auf meinen Arsch macht mir bewusst, dass es ihr Ernst ist. Ich schreie kurz auf, spüre, wie die Haut an meinen Pobacken aufplatzt und blutrote Striemen hinterlässt. Ich senke den Kopf. Ein salziger Geschmack legt sich auf meine Zunge, als ich beginne, mein Malheur aufzuschlecken. Jetzt würde ich am liebsten vor Scham im Erdboden versinken.

»Für dieses Vergehen werde ich mir etwas Besonderes einfallen lassen, du Schlampe. Und jetzt mach dich sauber und deck den Frühstückstisch!«, sagt sie.

Ich erhebe mich, mache mich fertig und decke den Tisch für Wanda. Dabei achte ich darauf, dass der Teller genau mit der Kante des Tisches abschließt. Ich setze den Kaffee auf und stelle die Tasse inklusive Untertasse rechts neben dem Teller auf den Tisch. Das Buttermesser lege ich rechts neben dem Teller ab. Dann nehme ich zwei Körnerbrötchen aus der Tiefkühltruhe und stecke sie in die Heißluftfritteuse. Anschließend schneide ich eine Tomate in dünne Scheiben, hacke eine Zwiebel in feine Würfel und lege beides auf einen Teller. Außerdem stelle ich Salz, Pfeffer und Chiligewürz auf den Tisch. Beim Anblick der Speisen läuft mir das Wasser im Mund zusammen und mein Magen knurrt. Für eine Sekunde spiele ich mit dem Gedanken, ein wenig zu naschen, verwerfe den Gedanken aber wieder. Es reicht schon, heute Morgen und am Mittag nichts zu essen zu bekommen, und meine Herrin hat mir mehr als deutlich gesagt, dass mich für mein Missgeschick letzte Nacht noch eine weitere Strafe erwartet.

Nachdem der Frühstückstisch gedeckt ist, überprüfe ich noch einmal, ob auch alles am richtigen Platz liegt. Ich habe keine Lust, meine Herrin zum dritten Mal in Folge zu enttäuschen.

Als meine Herrin die Küche betritt, sinke ich auf die Knie und richte den Blick zu Boden. Dabei spreize ich die Oberschenkel so weit, dass sie einen guten Blick auf meine Vagina und meine Brüste hat. »Guten Morgen, Herrin, ich hoffe, es ist alles zu Ihrer Zufriedenheit«, begrüße ich Wanda.

Meine Herrin setzt sich schweigend an den Tisch und beginnt, sich ein Brötchen zu schmieren. Ich schlucke und merke, wie mir Tränen in die Augen steigen.

Nicht jetzt. Du wirst dir nicht vor deiner Herrin die Blöße geben und anfangen, wie ein Schlosshund zu heulen oder wie eine Bettlerin um ein Stück Brot zu bitten, ermahne ich mich. Meine Herrin würdigt mich keines Blickes, mein Magen knurrt und ein leises Schluchzen entweicht meiner Kehle. Der Duft von frischem Kaffee und aufgebackenen Brötchen steigt mir in die Nase. Wie gern hätte ich jetzt auch eine Tasse Kaffee oder ein knackiges Brötchen. Kurz spiele ich mit dem Gedanken, meine Herrin um ein halbes trockenes Brötchen zu bitten. Doch dann bestünde die Gefahr, auch auf das Abendessen verzichten zu müssen. Ich schlucke. *Nie wieder*, schießt es mir in den Kopf, *nie wieder werde ich meine Herrin derart enttäuschen. In Zukunft werde ich alles tun, um sie zufriedenzustellen.*

Ich höre, wie meine Herrin genüsslich in ein Brötchen mit Tomaten und Kochschinken beißt und mit der Zunge schnalzt. »Das Brötchen ist wirklich fantastisch, und dazu dieser Kaffee«, sagt Wanda und ein Lachen entweicht ihrer Kehle.

Ich presse die Hände fester um meine Unterarme, bis ich einen leichten Schmerz verspüre, der mich ablenkt. Ich höre, wie meine Herrin das Frühstück genießt, während mir der Magen in den Kniekehlen hängt.

»Mmh, ist das lecker! Und jetzt schenk mir noch eine Tasse Kaffee ein!«

»Ganz wie Sie wünschen, Herrin«, erwidere ich und beeile mich, ihrem Befehl Folge zu leisten.

Meine erste Mahlzeit werde ich erst heute Abend bekommen. Halte ich es so lange ohne Nahrung aus? Schon jetzt könnte ich ein ganzes Toastbrot verspeisen.

Ich höre, wie meine Herrin genüsslich einen weiteren Bissen von ihrem Brötchen nimmt, dann sagt sie: »Wenn du wüsstest, wie gut dieses Brötchen schmeckt. Möchtest du auch mal? Ach ne, du bist ja auf Diät«, ruft sie und lacht erneut.

Ich schweige. Diese Suppe habe ich mir selbst eingebrockt.

»Das war sehr gut, ich bin zufrieden mit dir. Räum den Tisch auf und mach den Abwasch, danach habe ich eine Überraschung für dich«, sagt Wanda.

Ich tue, wie mir befohlen wurde.

Während ich mich um das Geschirr kümmere, schlägt mir das Herz bis zum Hals. Was meint sie mit Überraschung? Will sie mich erneut demütigen? Welche sexuelle Erniedrigung hat sich meine Herrin jetzt schon wieder einfallen lassen?

Nachdem ich mit dem Abwasch fertig bin, stelle ich mich breitbeinig vor meine Herrin, wobei ich die Arme hinter dem Nacken verschränke.

Wanda tritt auf mich zu und lächelt. Sie hält ein Stück Ingwer in der Hand und wedelt damit vor meinen Augen herum. »Weißt du, was das ist?«, fragt sie.

»Ein Stück geschälter Ingwer, Herrin«, antworte ich.

Meine Herrin lächelt wieder jenes hinterhältige Lächeln, bei dem es mir kalt den Rücken hinunterläuft, dann sagte sie: »Genau, und weißt du, wie erregend es ist, wenn einem ein Stück Ingwer in die Spalte geschoben wird?«

Ich schlucke, mir wird heiß und kalt zugleich. Meine Nackenhaare richten sich auf. Mein Magen knurrt. Ich habe Hunger und jetzt will Wanda mir … Ich schüttele den Kopf.

»Dann wird es Zeit, dass du es herausfindest. Du magst es doch, neue Erfahrungen zu sammeln. Habe ich recht?«

Alles in mir schreit auf, doch obwohl ich am liebsten protestieren würde, antworte ich: »Ja, Herrin.«

Wanda tritt vor mich. Ein Knoten schnürt mir die Kehle zu. Das Herz in meiner Brust rast, während Wandas Augen die meinen fixieren und ich das Gefühl habe, langsam in ihnen zu versinken. Als meine Herrin mir langsam das Stück Ingwer in die Fotze schiebt, breitet sich ein stechender Schmerz in meinem Unterleib aus, begleitet von einem intensiven, aber nicht unangenehmen Brennen. Ich zittere und ein Stöhnen entweicht meiner Kehle, während meine Brustwarzen ganz hart werden.

»Und, wie gefällt dir das, du Miststück?«, fragt Wanda.

»Danke, Herrin, sehr gut«, antworte ich, obwohl ich am liebsten laut aufschreien würde. Ja, der Ingwer lässt mich ganz geil werden. Er reizt meine Klitoris. *Na toll, jetzt bin ich dauergeil,* schießt es mir in den Kopf.

»Du hast den Ingwer immer zu tragen. Ohne meine Erlaubnis ist es dir verboten, das Stück aus deiner Fotze zu entfernen. Ab und an werde ich es durch ein frisches Stück ersetzen. In der Regel darfst du den Ingwer nur zum Verrichten deiner Notdurft oder zum Ficken entfernen. Verstanden?«

Ich sinke auf die Knie und antworte, den Blick zu Boden gerichtet: »Ich habe verstanden, Herrin.«

»Und später habe ich eine weitere Überraschung für dich.«

Kleine Schweißperlen bilden sich auf meiner Stirn. *Später habe ich eine weitere Überraschung für dich,* hallen Wandas Worte in meinem Kopf wider. Von was für einer Überraschung spricht sie?

»Und jetzt fingere mich!«, sagt Wanda.

Vorsichtig streichle ich ihre Fotze, ihre Schamlippen stehen kaum merklich hervor. Als ich beginne, ihre Scheide mit meinen Fingern zu massieren, stöhnt meine Herrin und sagt: »Das machst du sehr gut. Weiter, du kleine Schlampe!«

Ich massiere ihre Schamlippen und werde mit der Zeit immer schneller.

»Ja, mach weiter! Los, du kleines Miststück!«, dringen Wandas Worte an mein Ohr. Meine Herrin legt den Kopf in den Nacken, während sie ihre Beine weiter spreizt. Ich vermute, dass sie kurz davor ist, abzuspritzen, aber versucht, den Höhepunkt hinauszuzögern.

Immer schneller streichen meine Finger über ihre Schamlippen, dann dringe ich mit zwei Fingern in sie ein. Ihre Scheide ist schön eng. *Genauso eng wie meine Dose,* schießt es mir in den Kopf.

Wandas Körper zittert. Sie schließt die Augen, ihre Brüste hüpfen auf und ab. »Tiefer, du Miststück, steck deine Finger tiefer in mich rein!«, sagt Wanda und ich tue alles, um ihrem Befehl Folge zu leisten. Meine Finger gleiten in ihrer Scheide vor und zurück, vor und wieder zurück. Einmal nehme ich meine Finger ganz aus ihr heraus, um ihr die Schamlippen zu massieren.

»Ja, du Miststück, das machst du gut, ich komme! Jetzt leck mir die Fotze aus und wehe, es geht ein Tropfen verloren«, sagt meine Herrin in strengem Ton.

Ich wechsle in den Vierfüßlerstand. Die Schamlippen meiner Herrin sind geschwollen, ihre Brustwarzen aufgerichtet. Ich öffne den Mund und beginne, an ihrer Scheide zu saugen, darum bemüht, auch jeden Tropfen ihres Spermas aufzunehmen. Meine Zunge bahnt sich den Weg zwischen ihre Schamlippen. Gierig sauge ich an ihrer Scheide, wobei sich ein bitterer Geschmack auf meiner Zunge ausbreitet. Ich merke, wie ich selbst ganz feucht zwischen den Schenkeln werde.

***

Am Mittag kettet meine Herrin mir die Hände hinter dem Rücken mit Handschellen zusammen und schiebt mir mit einem hinterhältigen Grinsen einen Ballknebel in den Mund. Dann wird mir ein Stück frisch geschälter Ingwer in den Anus geschoben.

Wanda verbindet mir die Augen, ehe sie mich in meinen Käfig steckt, und sagt: »Du wartest hier, ich bin gleich wieder da.« Dann schlägt sie die Tür meines Käfigs zu und sichert sie mit einem Vorhängeschloss.

Das Herz schlägt mir bis zum Hals. Der Ingwer brennt in meiner Rosette, während mir die Handschellen ins Fleisch schneiden. Ich lausche dem Ticken der Uhr. Was hat meine Herrin vor? Ich hatte mit ihr die geilste halbe Stunde meines Lebens und dann legt sich mich wieder in Ketten und sperrt mich in meinen Käfig. Wie lange will sie mich hier drin schmoren lassen? Habe ich etwas falsch gemacht?

Ich weiß nicht, wie lange ich schon so daliege, ehe ich langsam einschlafe.

***

»Dann wollen wir die dreckige Schlampe mal auf Touren bringen!«, höre ich eine Männerstimme und schrecke aus dem Schlaf hoch. Es folgt ein mir gut bekanntes Lachen. Es ist das Lachen meiner Herrin, jenes hinterhältige Lachen, wenn sie sich für mich eine besondere Demütigung ausgedacht hat.

Wer ist der Mann? Ich höre, wie seine Schritte über die Fliesen schreiten, laut und schwer, viel schwerer als die fast schon leichtfüßigen Schritte meiner Herrin. Ich höre das Klimpern eines Schlüssels. Das Herz schlägt mir bis zum Hals und meine Nackenhaare richten sich auf.

Das Schloss meiner Käfigtür springt auf und meine Herrin packt mich an den Haaren. »Raus mit dir, du Miststück, du hast Besuch!«, sagt Wanda und zieht mir die Augenbinde vom Kopf.

Vor mir steht ein großer Mann mit kurzen braunen Haaren in blauer Jeans und braunen Lederstiefeln.

»Dieser Mann ist heute dein Meister und du wirst alles tun, was er oder ich von dir verlangen. Hast du verstanden?«, fragt mich Wanda.

»Ja, Herrin, ich habe verstanden. Ich werde alles tun, was Sie oder der Herr von mir verlangen«, antworte ich, wobei meine Stimme kaum mehr als ein Flüstern ist.

»Erhebe dich und dann still gestanden!«, sagt der Mann.

Ich kenne seinen Namen nicht, tue aber, was mein neuer Meister von mir verlangt. Mit leicht gespreizten Beinen stehe ich stramm.

Der Mann tritt auf mich zu, befühlt meine Wangenknochen und streichelt über meinen Hals bis zu meinen Brüsten, welche er langsam knetet. Das Stück Ingwer in meiner Fotze brennt, aber es ist nicht unangenehm. Der Mann streichelt meinen Bauch, seine Finger sind etwas rauer als die Hände meiner Herrin. Als er bei meiner Fotze ankommt, schaut er Wanda verwundert an und fragt: »Was ist denn das?«

»Das ist ein Stück Ingwer, damit diese kleine Schlampe auch schön geil bleibt, so wie sie es verdient, nicht wahr? Dieses Stück werde ich aber gleich austauschen.«

Ich senke den Blick. Als ich auf die Frage meiner Herrin nicht antworte, erhalte ich einen Hieb mit der Peitsche, welcher mich aufschreien lässt. Meine fast schon verheilten Striemen platzen erneut auf, als Wanda sagt: »Weißt du immer noch nicht, wie du dich mir gegenüber zu verhalten hast? Antworte gefälligst!«

Beim Klang ihrer Stimme zucke ich unwillkürlich zusammen, dann antworte ich: »Verzeihung, Herrin, und Meister, meine Herrin hat recht, ich bin ein kleines dauergeiles Stück Dreck. Der Ingwer sorgt dafür, dass ich ständig geil bleibe.«

Der Mann lacht auf, dann sagt er zu mir: »Okay, du Fickstück, öffne mir die Hose und dann besorg es mir mit der Zunge, und zwar anständig. Hast du verstanden?«

Ich tue, wie mir befohlen. Doch als ich sein Glied sehe, erschrecke ich. Sein Penis ist selbst im nicht erigierten Zustand gut vierzehn Zentimeter lang. Ich nehme den Penis des Herrn zwischen meine Finger und beginne, seine Hoden zu lecken. Anschließend fahre ich mit der Zunge langsam über den Schwellkörper bis zu seinem Peniskopf.

»Das machst du gut, du Dreckstück. Los, weiter, du kleines Flittchen!«, vernehme ich die Stimme meines Herrn. Ein salziger Geschmack legt sich auf meine Zunge, während ich sein bestes Stück lecke, und sein Glied richtet sich langsam auf.

Ein Stöhnen entweicht dem Herrn und ich sehe, wie der Peniskopf zu pulsieren beginnt.

»Nimm ihn in den Mund! Los, du Schlampe, blas mir einen!«, befiehlt mein Herr.

Ich öffne den Mund und sauge das Glied des Mannes so weit wie möglich in meinen Schlund hinein. Vor und zurück, vor und zurück. Sein Penis pulsiert zwischen meinen Zähnen hin und her. Erst schwach, dann wird das Pulsieren des Peniskopfes mit jeder Bewegung stärker. Vor und zurück, vor und zurück. Ein gutturaler Laut entweicht meiner Kehle, vor und zurück, vor und zurück. Ich steigere das Tempo. Mein Meister schnaubt und grunzt wie ein Tier, dann nimmt er seinen Schwanz ganz aus mir heraus, nur um ihn mir wieder umso stärker in mein Maul zu stoßen, vor und zurück, vor und zurück.

»Los, schneller, du Miststück!«, befiehlt mein Herr.

Ich steigere mein Tempo, vor und zurück, vor und zurück.

»Los, schluck alles, du Luder!«, sagt mein Herr, als sein Sperma meinen Mund flutet, und ich schlucke.

Der Mann packt mich an den Haaren, sodass ich aufschreie, und führt mich zum Küchentisch. »Leg deinen Oberkörper dort ab und spreiz die Beine schön weit auseinander!«

Ich tue, was mein Herr verlangt, und schlucke. Will er mir dieses Teil wirklich …? Mein Gedanke reißt ab, als er den Ingwer aus meinem Hintern zieht und ich gleich darauf einen stechenden Schmerz in meinem Anus spüre. Der Mann hinter mir grunzt und stöhnt wie ein Schwein. Vor und zurück, vor und zurück. Die Eichel seines Schwanzes pulsiert in meinem Arsch, während seine Stöße immer schneller und fester werden.

Ich lege den Kopf in den Nacken und schreie: »Ja, das machst du gut, tiefer, tiefer!«, dann komme ich.

Rein und raus, rein und raus, dann nimmt er seinen Schwanz ganz aus mir heraus und streichelt sanft mein Haar. »Na, gefällt es dir?«, fragt mein Herr in einem Ton, den ich nicht einordnen kann.

»Ja, Meister, dein Schwanz tut mir richtig gut«, antworte ich.

»Bist du bereit für den Endspurt, du geiles Fickstück? Wenn ja, dann bitte darum, dass ich dich ficke!«

Ich soll was? *Wenn ich mich weigere, wird er meiner Herrin über mein Verhalten berichten und dann werde ich wieder bestraft,* schießt es mir in den Kopf. »Bitte fick mich!«, sage ich.

Vor und zurück, vor und zurück. Seine Stöße sind sanft und gleichmäßig, werden aber mit jeder Minute schneller. Sein Peniskopf zuckt zwischen meinen Arschbacken hin und her. Mein Meister stöhnt wie ein Tier, während ich das Gefühl habe, innerlich zu zerreißen. Vor und zurück, vor und zurück. Ein Grunzen wie von einem Schwein dringt an meine Ohren, als mein Meister in mir abspritzt.

»Das war sehr gut, du geiles Stück. Deine Herrin und ich haben aber noch eine weitere Überraschung für dich«, sagt er und packt mich an den Haaren. Der Herr führt mich nach draußen auf die Terrasse, wo meine Herrin uns mit einer dampfenden Tasse Tee in der Hand erwartet.

Ich sinke auf die Knie und spreize die Beine, sodass Wanda und der Herr einen guten Blick auf meine Lustgrotte haben.

»Und? Hat das Luder dich zufriedengestellt?«, fragt Wanda ihren Gast.

»Die Kleine ist gut abgerichtet. Ich denke, wir werden viel Spaß mit ihr haben.«

Wanda lacht bei seinen Worten auf.

Alles in meinem Inneren zieht sich bei den Worten des Mannes zusammen. Ich möchte aufschreien, doch gleichzeitig sehne ich mich danach, wie ein Stück Fleisch benutzt zu werden.

Der Mann packt mich an den Haaren und zieht mich auf den Rasen. Ich schreie auf, verstumme aber sofort wieder. Ein Windhauch streichelt meinen Körper, es ist kühl und feucht, aber nicht so kalt, dass ich frieren müsste. Trotzdem zittere ich.

»Still gestanden!«, brüllt mein Herr.

Ich spreize die Beine und verschränke die Arme hinter dem Rücken. Dabei halte ich den Blick leicht gesenkt.

Der Herr umrundet mich und verpasst mir einen Klaps auf den Hintern, dann sagt er: »Sehr gut, du scheinst Erfahrung zu haben.«

»Ich habe viel lernen müssen, Meister«, antworte ich.

Mein neuer Meister tritt einige Schritte von mir zurück, bevor er sagt: »Arme nach vorn und dann machst du zwanzig Kniebeugen. Dabei wirst du laut rückwärts mitzählen. Solltest du dich verzählen oder nicht laut genug sein, wirst du von vorn beginnen, verstanden?«

»Ja, Meister«, antworte ich, dann beginne ich die Sporteinheit und sage: »Zwanzig, Meister, neunzehn, Meister, achtzehn, Meister, siebzehn, Meister …«

Meine Knie zittern, Schweiß läuft mir von der Stirn und mein Herzschlag beschleunigt sich.

»Sechzehn, Meister, fünfzehn, Meister …«, sage ich.

Nachdem ich die Sporteinheit abgeschlossen habe, glänzt meine Haut vor Schweiß.

Mein Meister sagt: »Sehr gut, und jetzt auf die Knie und robbe auf deinen Unterarmen rüber zu mir. Deine Herrin wird darauf achten, dass du nicht schummelst.«

Wanda tritt an mich heran, in der Hand die mir so bekannte neunschwänzige Lederpeitsche. Als ich mich nicht sofort in Bewegung setze, erwischt mich die Peitsche und verpasst mir weitere Striemen auf meinen Sklavinnenarsch.

»Was hat dein Herr dir befohlen?«, fragt sie, wobei ich ein weiteres Mal die Peitsche zu spüren bekomme. Ich schreie auf, dann sinke ich auf alle viere und arbeite mich durch den Matsch.

»Los, schneller, du Miststück, beweg deinen Arsch!«, ruft Wanda und verpasst mir einen weiteren Schlag mit der Peitsche.

»Ich krieche schon, so schnell ich kann, Herrin«, antworte ich, obwohl ich mich innerlich bereits auf den nächsten Hieb freue.

Als ich die Hälfte der Strecke hinter mich gebracht habe, hebt meine Herrin ein Bein und drückt mein Gesicht in den Dreck, sodass ich Schwierigkeiten habe, zu atmen. Ein weiterer Schlag küsst meine Arschbacken. Die Striemen brennen und pochen wie Feuer und lassen mich ganz geil werden.

»Das reicht nicht, du faules Miststück, und jetzt mit mehr Tempo, wenn ich bitten darf!«, sagt Wanda.

»Ganz wie Sie wünschen, Herrin«, antworte ich, als Wanda den Fuß von meinem Kopf nimmt. Schlamm und Dreck bedecken meinen Körper und mein Gesicht, während ich wie ein Wurm über den Boden krieche. Ein weiterer Hieb lässt mich aufschreien, der Weg bis zu meinem Meister kommt mir wie ein Tausendmeterlauf vor.

Um meine Erregung und Demütigung noch zu steigern, wird mir für diese Aufgabe ein Stück frischer Ingwer in den Anus geschoben. Der Ingwer brennt zwischen meinen Pobacken, während der Schlamm, über den ich krieche, angenehm kühl ist. Weitere Hiebe treffen meine Oberschenkel, hinter mir vernehme ich die Stimme meiner Herrin, die mich weiter antreibt. Schweiß tropft mir von der Stirn und das Herz in meiner Brust rast.

»Los, schneller, du Miststück!«, höre ich Wanda sagen. Als ich bei meinem Herrn ankomme, sagt er: »Das war gar nicht schlecht für den Anfang. Und jetzt den Weg auf dieselbe Weise wieder zurück. Wanda und ich werden in der Zwischenzeit schon mal reingehen und eine Tasse heißen Tee genießen. Wage es ja nicht, zu schummeln!«

Meine Herrin und ihr Freund drehen sich um und lassen mich allein in der Kälte zurück. Auf die Unterarme gestützt, beginne ich, den Weg zurückzukriechen, während meine Herrin und ihr Freund ins Haus gehen und es sich bei einer Tasse Kaffee oder Tee im Wohnzimmer gemütlich machen.

Was wird mich noch als Sklavin erwarten?

DER ALPHA-WERWOLF – UNTERWIRF DICH MIR

Ich tauschte meine Pumps gegen schwere Wanderstiefel. Die hatte ich mir besorgt, um mein heutiges Ziel überhaupt erreichen zu können. Ich hatte keine Lust, umzuknicken und verloren zu gehen. Niemand wusste, wo ich war und wohin ich wollte. Inzwischen fragte ich mich, ob der Ausflug eine gute Idee gewesen war. Ich hatte vermeiden wollen, dass meine Freunde mir Fragen stellten, auf die ich ihnen keine Antworten geben konnte. Niemand, aber wirklich niemand, der mich auch nur ein bisschen kannte, würde mir glauben, dass ich allein wandern ging. Freiwillig. Und das mit einer Übernachtung mitten im Wald, weit weg von elektrischem Strom oder fließendem Wasser. Niemals.

Die pochende Aufregung zwischen meinen Beinen, als wir entschieden hatten, das Ganze in die Realität umzusetzen, war einer Nervosität und letzten Endes Angst gewichen. Ich kam mir mittlerweile sogar schon dumm vor: Was, wenn er nicht die Person war, als die er sich auf der Dating-App ausgegeben hatte? Ich verfluchte meine Libido, während ich mich am Wegweiser orientierte und den halben Tagesmarsch antrat. Der Rucksack zog unangenehm an den Schultern und die Sonne brannte mir ins Gesicht. Ich warf einen letzten Blick auf mein Auto, welches ich am Wegrand geparkt hatte, und hoffte, dass wir uns morgen wiedersehen würden. Mit anderen Worten, dass dort im Wald kein Perverser auf mich wartete, der meinem Leben ein jähes Ende bereitete. Na gut, ein bisschen pervers musste er ja schon sein und ich demnach auch. Ich seufzte und hoffte, dass meine sonst so unermüdliche Libido wieder zum Leben erwachen würde; immerhin hatte sie mich erst in diese Situation hineinmanövriert.

Seit wir vor einer Woche auf der Dating-App gematcht hatten, schrieben wir pausenlos miteinander. An diesem Abend hatte ich es mir auf der Couch gemütlich gemacht und gelegentlich an mir herumgespielt. Immer wieder kam eine Nachricht von ihm, wir verstanden uns auf Anhieb. Ich hatte versucht, mich selbst zu befriedigen, den Versuch aber abgebrochen. Es war nicht das, was ich gebraucht hatte. Jemand aus Fleisch und Blut wäre nötig gewesen und nicht wieder nur meine eigenen Finger. Dann war das lockere Gespräch über Hobbys, Interessen und Essensvorlieben langsam in eine andere Richtung abgedriftet. Plötzlich waren wir bei anzüglichen Fantasien gelandet. Wenn es Nacht ist und die Welt im Dunkeln liegt, vergisst man schnell, wer man eigentlich ist. Meine Libido hatte begonnen, die Kontrolle an sich zu reißen. Ich hatte mich gehen lassen und ohne nachzudenken preisgegeben, was in den hintersten Ecken meiner Fantasie vor sich ging. Er war sofort bei der Sache gewesen und mit eingestiegen. Sein Hobby war Wandern, was mich bei seinen

Bildern nicht wunderte. Zahlreiche Gipfelfotos waren in der App zu finden und auf den meisten musste er sein T-Shirt beim Aufstieg verloren haben. Sonnengebräunte Haut, die sich über seine definierten Muskeln zog, kraftvolle Arme, mit denen er mich sicher mit Leichtigkeit hochheben und gegen eine Wand pressen könnte – all das gefiel mir. Sein Oberkörper war mit schwarzen Tattoo-Tribals überzogen, das Haar im Nacken zu einem Knoten gebunden und sein markantes Kinn war nach vorn gereckt. Kurzum, er war eine Augenweide.

Mit so einem Profil suchte man keine feste Beziehung, also konnte ich ruhigen Gewissens das Gespräch in eine andere Richtung lenken. Ich würde nichts verpassen. Mehr als eine Fantasie würde ich von ihm nie bekommen. Daher stellte ich mir vor, ihn bei einem Spaziergang anzutreffen, den Wanderer. Er erzählte mir, dass er oft tagelang nur mit Rucksack auf Wandertour war und in Biwaks oder sogar unter einem Felsvorsprung sein Nachtlager aufschlug. Oft stellte er sich vor, die Isomatte mit einer Wanderin zu teilen, was bisher nie passiert war. Frauen gingen selten allein extremwandern und wenn, hatten sie ihn immer abblitzen lassen und er hatte sich schlecht gefühlt, es überhaupt probiert zu haben. Er wollte den Frauen kein schlechtes Gefühl geben oder ihnen Angst machen.

Ich schrieb ihm, dass ich ihn jetzt liebend gern unter einem Felsvorsprung antreffen würde und kein Problem damit hätte, das bisschen Platz mit ihm zu teilen.

Er antwortete darauf, dass er ein Alpha sei und den ganzen Platz für sich brauche, ich aber unter ihm liegen dürfte.

Ich fragte, ob er ein Alpha-Werwolf sei und seine menschliche Gefährtin suchte. An diesem Punkt hatte ich scharf die Luft eingezogen und gehofft, die schillernde Seifenblase würde jetzt nicht zerplatzen, wo ich ihm doch gerade von meiner schrägen Fantasie erzählt hatte. Zu meiner großen Überraschung blieb die Blase bestehen und schien sich bis in die Nacht hinein weiter auszudehnen.

Am nächsten Morgen hatte ich nicht damit gerechnet, dass er sich wieder bei mir melden würde, aber da hatte ich mich geirrt. Er hatte mich geradewegs gefragt, ob die Chance bestehe, dass wir das tatsächlich tun könnten. Er und ich, im Wald.

Der Alpha-Werwolf und die Menschenfrau, ihm in allen Punkten unterlegen.

Ich hatte ihn gefragt, ob er scherze, und er meinte, dass ein Alpha nicht wisse, was ein Scherz sei.

Einen Tag später war ich in ein Sportgeschäft gegangen und hatte mich beraten lassen, was ich für eine Nacht in einem Biwak bräuchte. Den Felsvorsprung hatten wir schnell aus unserer Planung gestrichen. Ich besaß den Orientierungssinn einer Schnecke und würde ihn erst gar nicht finden. Der Alpha hatte ein Biwak vorgeschlagen, eine einfache Holzhütte, die man für die Nacht mieten konnte und die sich auf einer Wanderroute befand. Damit war ich einverstanden gewesen.

Ich verließ den Laden mit nagelneuen Wanderschuhen, einem Rucksack sowie Schlafsack. Das sollte für mein Abenteuer ausreichen. Ich bezweifelte, dass die Sachen nach der Nummer noch einen Nutzen hatten, denn Wandern zählte nicht zu meinen Hobbys. Aber ich wollte nicht wie ein Amateur aussehen. Es bestand die Chance, dass er mich sitzen ließ und mich in dieser Nacht kein Alpha-Werwolf unterwerfen würde. In diesem Fall musste ich mich allein durchschlagen und war besser gut ausgerüstet.

Ich setzte einen Fuß vor den anderen und auf meiner Stirn bildete sich feiner Schweiß. Die Sonne brannte unnachgiebig und ich sehnte die Waldgrenze herbei, die sich in weiter Ferne in mein Sichtfeld schob.

Ich fragte mich, wieso man sich so etwas freiwillig antat und es noch als Hobby betitelte. Ich konnte schon die sich bildenden Blasen an den Füßen spüren und kämpfte mich nur schwer voran. Dabei war der Wanderweg gut ausgebaut. Ich machte definitiv zu wenig Sport, aber dafür hielt sich mein Körper noch in guter Form. Wenn der Alpha das wöchentlich tat, musste sein Körper in echt noch besser aussehen als auf den Bildern.

Nach ein paar Stunden kam das Biwak in Sicht und ich war unendlich erleichtert. Ich hatte es geschafft. Zumindest der erste Teil meines Vorhabens war mir gelungen. Ich setzte den schweren Rucksack ab und war fassungslos, aber nicht vor lauter Freude. Das sollte eine Unterkunft sein? Dieses Ding hatte diese Bezeichnung nicht verdient. Es war eher eine hölzerne Bushaltestelle, immerhin vor Regen geschützt. Das war es dann aber auch. Ich kramte mein Ticket für die heutige Nacht hervor und warf es mit den anderen zehn Stück in den dafür vorgesehenen Briefkasten, nachdem ich sie entwertet hatte. Natürlich gab es an dem Wanderpunkt mehr als ein Biwak und der Alpha hatte alle Tickets, die zur Übernachtung berechtigten, aufgekauft, damit wir ungestört wären. Ein Alpha teilt nicht, hatte er geschrieben.

Ich machte mich etwas frisch und verbrachte den Rest des frühen Abends damit, die Umgebung zu erkunden.

Ich zog den Reißverschluss meines Schlafsackes bis zum Rand zu und steckte die Nase unter die Decke. Es war so verdammt gruselig. In diesem Wald war ich die Einzige, die sich mit Anbruch der Dunkelheit schlafen gelegt hatte. Meine Libido hatte es im Gegensatz zu mir geschafft, einzuschlafen, und schlummerte bewusstlos vor sich hin. Ich dagegen lag angespannt auf diesen harten Holzlatten und bereute, dass ich mir diese Isomatte im Laden nicht hatte aufschwatzen lassen.

Außerdem hätte ich etwas zur Selbstverteidigung einpacken sollen, der Alpha war zu dieser Jahreszeit sicher nicht der einzige Wanderer auf diesem Pfad. Um mich herum raschelte es und ich hörte vereinzelte Tierrufe. Ich hätte mich vorher besser informieren sollen. Hier konnte jederzeit jemand hereinkommen, ohne sich die Mühe machen zu müssen, überhaupt eine Tür oder ein Fenster zu öffnen, da sie schlichtweg nicht existierten. Dass man für so eine Unterkunft zahlen musste, war mir schleierhaft. Ich wusste nicht, ob ich mir wünschte, dass der Alpha zu unserem Treffen kam oder dass er mich versetzte. In dieser Hütte war es unmöglich, ein Auge zu zutun. Egal, was mir hier zustoßen würde, ich war meilenweit von der Zivilisation entfernt, hier würde mich niemand hören.

Mein Handy war nur noch als provisorische Taschenlampe zu gebrauchen, der Empfang war auf der Hälfte des Weges hierher abgebrochen. Ich hatte überlegt, umzukehren, kam mir aber lächerlich vor. Ich war doch nicht so viele Schritte gegangen, um zu kneifen. Da war ich nicht der Typ Frau dafür. Im schlimmsten Fall hatte ich eine Nacht allein im Wald verbracht und würde es unter Erfahrung verbuchen. Das aufregende Gefühl der anklopfenden Angst hatte mich beflügelt. Es war neu und was neu war, war aufregend. Ich konnte dringend ein wenig Abwechslung im Alltag gebrauchen und wusste tief in mir drinnen, dass dies hier die einmalige Chance war, eine meiner Fantasien umzusetzen. Es gab nicht viele Alpha-Werwölfe, die mich als ihre Gefährtin erwählen und unterwerfen würden. Ich hatte ihm freie Hand gegeben, bei dem, was heute Nacht passieren würde. Wenn ich das hier schon durchzog, dann richtig. Er sollte mich überraschen und ich würde tun, was eine Menschenfrau so machen würde, wenn sie im Wald einem Alpha-Werwolf über den Weg lief. Das machte das Ganze leichter für mich, denn ich musste nicht schauspielern. Die Angst war echt, zum Greifen nah. Mein Atem ging schnell und ungleichmäßig, bei jedem kleinen Geräusch, das sich wie Schritte anhörte, schoss mein Puls in die Höhe. Der Vollmond stand hoch am Nachthimmel und ließ fahles, weißes Licht durch das Blätterdach scheinen. In der Ferne hörte ich das Heulen eines Wolfes.

Scheiße, er war gekommen. Er war hier und würde mich nehmen.

Ich schrie meiner Libido zu, zum Leben zu erwachen, aber sie rührte sich immer noch nicht. Ich bettelte sie an, die Augen aufzumachen. Angespannt wartete ich, ob er sich dem Biwak näherte, aber ich vernahm keinen Laut. War das ein echter Wolf gewesen und nicht der Alpha? Bitte, Alpha, sei du es! Ein echter Wolf wäre noch beängstigender. Das hier sollte ein Spiel sein, bei dem ich heil wieder herauskam. Wir hatten ein Safeword vereinbart, nur für den Fall. Er hatte mich gefragt, wie weit er gehen dürfe, und ich hatte vor meinem Handy mit den Schultern gezuckt. Ich wusste es schlicht nicht, da ich so etwas niemals zuvor getan hatte. In unseren Textnachrichten hatte er nichts geschrieben, was mich abgetörnt hatte, weshalb er neben einem großen Vertrauensvorschuss grünes Licht von mir bekommen hatte.

***

Ich war wohl weggenickt, denn als ich die Augen aufschlug, stand eine schwarze Silhouette vor dem Eingang. Regungslos verharrte er, der Alpha, dort und beobachtete mich. Eine Gänsehaut kroch mir über die Haut. Wie lang hatte er mir schon beim Schlafen zugesehen? Ich traute mich nicht, mich zu bewegen. Er würde merken, dass ich wach war und dann … würde unser Spiel beginnen?

»Ich gebe dir drei Minuten. Wenn du es schaffst zu entkommen, bist du frei. Falls nicht, und ich dich finde, gehörst du mir«, knurrte die tiefe Stimme, die mit einem Brummen aus seiner Kehle stieg. Er drehte sich um und verschwand lautlos im Dunkeln.

Ich erschauderte. Wegrennen vor ihm, in dieser Finsternis? Oh Gott!

Ich brauchte ein paar Sekunden, um mich aus meiner Schockstarre zu befreien, und krabbelte hektisch aus dem Schlafsack. Mein Puls raste und ich wechselte von nervös in puren Überlebensmodus. Meine Hände zitterten, als ich versuchte, mir die Schuhe zuzubinden, und als ich es nicht hinbekam, warf ich sie frustriert in die Ecke. Mir blieb nicht mal mehr eine Minute übrig und ich lief barfuß nach draußen. Ich konnte ihn nirgends entdecken und entschied, auf dem Wanderweg zu bleiben. Nicht, dass er mich nicht fand und ich bis zum Morgengrauen umherirrte.

Tannennadeln pieksten mir in die Fußsohlen, aber ich schritt weiter voran. Nach ein paar Metern entdeckte ich neben mir eine Lichtung. Der Mondschein fiel auf einen kleinen Hügel. Zufrieden bemerkte ich Moos unter meinen Füßen und schlug diesen Weg ein. Hier würde ich mir nicht wehtun und mit Leichtigkeit den Rückweg finden.

Der Wald um mich herum schien verstummt zu sein, nur das Rauschen des Windes zog durch die Baumkronen und Äste wiegten sanft hin und her. Die Nacht war angenehm lau, mit einer kühlen Brise, die mir über die nackten Arme und Beine zog. Ich trug ein Nachthemd aus weißer Seide und leuchtete darin wie der Abendstern. Der Stoff war an den meisten Stellen durchsichtig, wie bei meinem Tanga. Dieser bestand aus etlichen, über meine Hüfte geschnürten Striemen und gab mehr preis, als er verdeckte. Ich war mir nicht sicher, ob Wanderer so etwas bei ihren Ausflügen nachts im Schlafsack trugen. Aber ich tat es, zumal ich auch nichts anderes als diese

Art von Nachtwäsche besaß. Das Seidenkleid endete knapp unter meinem Hintern und würde ihm bestimmt bestens gefallen. Sollte ich hoffen, dass er mir gefolgt war? Hatte er ernsthaft erwartet, ich würde rennen? Abermals schaute ich mich um und konnte seine Silhouette in der Dunkelheit nicht ausmachen.

Da ich kein Spielverderber sein wollte, begann ich zu rennen. Es war surreal, wie die Baumstämme an mir vorbeizogen. Ich rannte im tiefsten Wald, mitten in der Nacht in einem Witz von Nachthemd über die Lichtung. Es roch holzig nach dem Harz der Bäume und nach Erde. Beinahe hätte ich gelacht, als ich abrupt stoppte.

Vor mir war der Alpha aus der Dunkelheit getreten. Mein Atem ging schwer, ich konnte nicht reagieren, ihn nur anstarren. Er stand dort, als würde er nie etwas anderes in seinem Leben tun, als mich aufzuspüren. Seine Muskeln bewegten sich unter seinen tiefen Atemzügen und spannten sich an. Sein Blick war eiskalt und taxierte mich eindringlich. Scheiße, was war das für ein Typ? Musste er überhaupt schauspielern? Seine Alpha-Aura vibrierte durch die Luft und ich zog sie begierig ein.

»Sag, dass du mir gehörst!«, befahl er und seine tiefe Stimme zerschnitt die Stille.

»Was wollen Sie von mir?«, stotterte ich und musste ebenfalls nicht schauspielern. Die Situation war angsteinflößend.

»Ich bin ein Alpha-Werwolf und wähle dich als meine Gefährtin. Du wirst dich mir unterwerfen und mir gehören. Du wirst alles tun, was ich von dir verlange.« Ein Brunftknurren folgte seinen Worten und ich war unfähig, wegzulaufen.

Das Blut gefror mir in den Adern, alles an ihm schrie Gefahr. Dieser Alpha war gefährlich und ich würde versuchen, mich zu wehren, sobald meine Gliedmaßen mir wieder gehorchte.

Das Gefühl in den Füßen kehrte zuerst zurück und ich

machte ein paar Schritte rückwärts, weg von seiner energiegeladenen Statur. Für jeden Schritt, den ich nach hinten setzte, setzte er einen nach vorn.

Seine Schritte waren größer als meine. Er holte auf.

Ich konnte nicht anders, als die Tribals auf seinem Oberkörper anzustarren, sie wanden sich vom Hals über die Arme, seine Brust und die Lenden nach unten, verschwanden im Bund seiner Jeans. Ich fragte mich, wie tief sie gingen. Wenn ich jetzt stehen bliebe, würde ich es herausfinden. Aber mein Urinstinkt riet mir zur Flucht.

Der Alpha wandte nicht eine Sekunde den Blick von mir ab und wurde immer schneller, bis er mich eingeholt hatte. Sein Körper war so dicht vor meinem, dass ich seine Hitze spüren konnte. Er verströmte eine Mischung aus Schweiß und Moschus, der Duft zog mich an.

War das der Mann, mit dem ich geschrieben hatte? Optisch war das keine Frage. Er war es. Nur wirkte er eben tatsächlich wie ein Alpha, der drohte, mir hier und jetzt das Kleid vom Leib zu reißen.

Er hob seine Hand und packte mein Kinn, das ich in den Nacken gelegt hatte, um ihm weiterhin in die Augen sehen zu können. Er überragte mich bei Weitem. Sein Griff war fest und seine Haut rau. »Sag, dass du meine Gefährtin bist!« Das war keine Bitte. Seine Stimme war tiefer geworden.

»Lassen Sie mich in Ruhe!«, wisperte ich und konnte jetzt mehr Details in seinem Gesicht erkennen, so nah, wie er mir war. Ein Dreitagebart zog sich über Wangen und Kinn. Seine Augen leuchteten wie gefrorenes Eis und nahmen jetzt den Rest von mir in Augenschein. Er ließ den Blick gemächlich über meinen Körper wandern, verharrte bei dem tiefen Ausschnitt und als er die Luft einzog, wusste ich, er hatte bemerkt, dass der Stoff meine Nippel durchscheinen ließ.

Als er fertig war – und er ließ sich viel Zeit damit, jede Faser von mir in Augenschein zu nehmen –, sah er mir wieder in die Augen. »Sag, dass du meine Gefährtin bist!«, wiederholte er.

Ich schwieg, unfähig, meine Lippen zu öffnen. Was machte er nur mit mir?

»Ich glaube, du hast mich nicht richtig verstanden.«

Bevor ich wusste, wie mir geschah, flog ich durch die Luft und Moos drückte sich in meinen Rücken. Der Alpha war über mir und fixierte mich mit seinem Körper auf dem Waldboden. Seine Hände hatte er links und rechts neben meinem Gesicht aufgestützt. Mein Herz hatte noch nie so schnell geschlagen wie in diesem Moment.

»Du bist meine Gefährtin. Sag. Es.« Seine Worte duldeten keinen Widerspruch. »Sag, dass du mir gehörst!«

Sein Atem strich mir über das Gesicht und er packte meine Handgelenke, drückte sie fest in das Moos. Ich war ihm hilflos ausgeliefert. Er kam näher und ohne mich aus den Augen zu lassen, senkte er seinen Kopf, strich mit den Zähnen über die Haut an meinem Hals und biss sanft hinein.

Ich stöhnte. Er hatte meine Libido entfacht und hielt sie fest in seinen Händen gefangen. Hitze strömte durch meinen Körper. Er folterte mich mit kleinen Bissen und leckte mit seiner Zunge über mein Schlüsselbein. Dieses Gefühl vernebelte mir den Verstand.

»Ich bin deine Gefährtin. Ich gehöre dir«, flüsterte ich ihm ins Ohr.

Er ließ von mir ab und ich winselte vor Schmerz. Diese kleine körperliche Trennung glich einer Folter. Er konnte nicht damit aufhören, mich zu berühren. Ich verlangte nach mehr.

Er brummte. »Ich werde dich jetzt markieren, damit jeder weiß, dass du mir gehörst.« Er begann an meinem Hals, fuhr mit der Zunge die Halsschlagader entlang, hinter mein Ohr. Dann ging er tiefer. Die Luft strich kühl über die Feuchtigkeit, die er auf mir hinterließ. Sein Mund senkte sich auf meine Hüften und arbeitete sich nach oben. Dabei schob er die Seide Zentimeter für Zentimeter hoch, bis nur noch die Brüste bedeckt waren.

Ich stöhnte und wand mich unter ihm. Meine Mitte war bereits feucht und mehr als bereit, seine Zunge auch dort zu empfangen.

Herausfordernd sah er mich an. »Zieh den Stoff zur Seite!«, befahl er mir und ließ eine meiner Hände los. Mit seiner freien Hand packte er die Brust, die ich bereitwillig für ihn freigelegt hatte.

Eine kühle Brise strich über meinen harten Nippel und er knetete meine Brust. Dann leckte er über den empfindlichen Nippel und saugte fest, biss hinein. Ich schrie auf. Wenn er so weitermachte, würde ich kommen. Meine Klit pochte heftig zwischen den Beinen. Immer wieder knurrte er, als wäre ich sein Fang des Jahres. Ich wollte ihn berühren, spüren, wie sich seine Haut unter meiner Hand anfühlte. Diese unglaublichen Bauchmuskeln unter den Tattoos ertasten.

Doch bevor ich ihn erreichte, ließ er meine Brust los und fing meine zu ihm wandernde Hand ab. »Nein«, knurrte er und sah mich finster an.

Oh, ich durfte ihn nicht berühren?

Er drehte mich ruckartig auf den Bauch und schob eines seiner Beine zwischen meine Mitte, sodass sie gespreizt waren. Das feuchte Moos kitzelte auf meiner Wange und ich sah, den Kopf zur Seite gedreht, wie er meine Handgelenke wieder fest umschloss und neben mein Gesicht drückte. Er kam mir näher, ich spürte seinen Atem im Nacken. Es war ein Spiel aus Lecken, Küssen und Beißen.

Es war kaum auszuhalten.

Alles in mir pulsierte in dem Takt, den er vorgab, und ich spürte seine Härte. Sie drückte sich durch seine Jeans an meinen Hintern. Er war groß, so verdammt groß und hart. Er presste sich immer aufdringlicher zwischen meine Beine und ich wimmerte vor Verlangen. Er schob mich nach vorn, sodass mein Oberkörper weiterhin auf dem Moos lag, der Hintern aber in die Höhe ragte. Er zerriss die Striemen meines Tangas und warf ihn beiseite. Es fühlte sich noch besser an, als ich gedacht hatte, als er mit seiner Zunge über meine Schamlippen strich und meine Hände an der Hüfte fixiert festhielt. Begierig leckte er jeden Millimeter meiner glitschigen Haut ab, auf die Mitte zu. Er nahm die Feuchtigkeit in sich auf und knurrte genüsslich. Er spreizte meine Schamlippen auseinander und leckte weiter, als gäbe es kein Morgen. Er knabberte an den Schamlippen wie zuvor am Nippel. Mein Verstand war bereits völlig abgedriftet und ich gab mich ihm ganz hin. Wimmerte und bettelte still um mehr. Ich wollte mehr von ihm als das, mein Körper verlangte es mit jeder Faser. Ich musste seine Härte in mir spüren, wollte seinen Geruch aufnehmen und ihn schmecken. Ob er es zuließ? Ich brauchte mehr von diesem Alpha. »Mehr, ich brauche mehr«, stöhnte ich, als er meine Klit mit seiner Zunge malträtierte.

»Sag, dass ich dein Alpha bin!«, forderte er.

Ich ließ mich nicht ein zweites Mal bitten. »Du bist mein Alpha«, raunte ich.

So lebendig wie mit ihm hatte ich mich bisher nie gefühlt. Das hier war heiß, das Heißeste, was ich je erlebt hatte.

»Du schmeckst so gut, meine Gefährtin«, knurrte er und ließ seine Zunge wieder zwischen meine Schamlippen zurückgleiten, auf der Suche nach meiner pochenden Klit.

Er gab einen Rhythmus vor, der mich wahnsinnig machte,

und ich drückte meinen Hintern weiter in sein Gesicht. Ein Knoten bildete sich in meinem Unterleib, der immer mehr anschwoll. Ich kam mit einer solchen Heftigkeit, dass ich die Lust aus mir herausschrie. Die Wellen rollten über mich hinweg, schienen kein Ende zu finden. Seine Zunge rieb unaufhörlich weiter über meine empfindliche Mitte und als mein Atem stoßweise langsamer wurde, zog er sich zurück. Ich wimmerte.

Seine Antwort war ein tiefes Knurren. »Ich werde dich jetzt ficken.«

Freudige Erwartung durchzuckte meinen Körper und meine Klit begann, erneut zu pochen, diesmal schneller und intensiver als zuvor. Mein Saft tropfte auf das Moos unter mir und ich wand mich lustvoll in seinem festen Griff. Ich konnte es nicht abwarten, seinen Schwanz in mir zu haben. »Ich will, dass du mich ausfüllst.«

»Das werde ich«, versprach er. »Ich werde dich gleich erneut zum Schreien bringen. Mein Schwanz ist groß und wartet nur darauf, dich zu ficken und mit meinem Saft zu füllen.«

Mein Blut rauschte mir vor Erregung in den Ohren und ich wimmerte. »Bitte«, flehte ich unterwürfig.

Er öffnete seine Jeans und schob sie nach unten, sodass sein Schwanz zum Vorschein kam. Jetzt war ich auf allen vieren und blickte hinter mich. Er war auf den Knien und massierte seinen Schwanz, der wirklich so riesig war, wie ich ihn an meinem Hintern gespürt hatte.

Er ließ seine Hand gemächlich vor und zurück gleiten, bewegte sich im Rhythmus dazu, fickte sich selbst, wobei er mir fest in die Augen sah. »Gefällt dir, was du siehst?«

Und ob, ich atmete schwer. »Fick mich, mein Gefährte!«, verlangte ich herrisch.

Mehr benötigte es nicht. Er holte aus und ließ seine Hand auf meine Pobacke sausen. Der Schmerz durchzog mich und ich schrie vor Lust. Dann presste er seinen Schaft an meinen Hintern und glitt durch meine Feuchtigkeit hinab zu den Schamlippen. Er rieb seinen Schwanz durch meine Muschi und stieß dann heftig in mich hinein. Er füllte mich vollkommen aus und gab einen harten Rhythmus vor.

Er knurrte inbrünstig, packte meinen Oberschenkel, hob das Bein an und zog mich mit einem Ruck zu sich heran. So stieß sein Schwanz noch tiefer in mich. Tiefer als alles je zuvor.

Ich weitete mich für ihn und ließ ihn gewähren. Bei jedem Zustoßen spürte ich einen leichten Schmerz, der mich noch geiler und feuchter machte.

Er zog mich härter zu sich heran und knurrte. »Du wirst nach mir riechen, meine Gefährtin. Ich werde meinen Saft in dich spritzen.« Er stöhnte.

»Spritz mich voll! Fick mich!«, schrie ich in den Wald und das Echo kam immer leiser werdend zu uns zurück. »Härter«, verlangte ich und grub meine Finger Halt suchend in den Boden. »Markier mich, mein Alpha!«

Knurren wie Donnergrollen folgte auf meine Forderung. »Du bist mein!«

Immer härter – kaum vorstellbar, dass das noch möglich war – drang er in mich ein und klatschte gegen meinen Hintern. Es war ein kaum aushaltbares Verlangen, dass er mich so tief ausfüllte, wie es gar nicht möglich sein sollte. Der Schmerz, vermischt mit dieser unbändigen Lust, ließ mich schreien. Ich schrie und schrie, als die Welt über mir zusammenbrach. Die Wogen der Lust zerrten mich an sich und ich zerbarst in einem Feuerwerk aus Befriedigung.

Schwer atmend drehte ich meinen Kopf zum Alpha und sah ihm in die Augen. Ein weiteres Grollen drang aus seiner Kehle, als er meinen Hintern gegen seinen Schwanz drückte und sich in mir ergoss. Sein Blick ließ erst von mir ab, als auch die letzte Woge des Orgasmus durch seinen Schwanz gezuckt war. Er blickte hoch zum Mond und heulte ihn an, ganz der Alpha-Werwolf, der er war.

»Jetzt bringe ich dich zu meinem Rudel.«

UNTERVÖGELT

War heute etwa schon wieder Mittwoch? Ihre Eltern hatten ihr als Kind immer gepredigt, dass sich mit zunehmendem Alter das Zeitempfinden ändern würde. War sie etwa schon im zunehmenden Alter?

Chrissy, eigentlich Christina, war gerade Mitte dreißig, sah aber mindestens fünf Jahre jünger aus. Im Gegensatz zu vielen ihrer Altersgenossinnen hatte sie den Vorteil, dass sie sich tagtäglich um ihr Aussehen und ihre Figur kümmern konnte.

Ihr Mann Jan war trotz seines jungen Alters bereits ein erfolgreicher Steuerberater in Leitungsfunktion bei einer internationalen Fondsgesellschaft. Er gehörte zu der Spezies, die Spaß daran hatte, in aller Herren Länder Steuerschlupflöcher zu suchen und diese in attraktive Geldanlageprodukte für die Reichen und Superreichen umzuwandeln. Bereits in seinem ersten Jahr erhielt er doppelt so viel Gehalt wie ihr Vater, der immerhin ein angesehener und gut beschäftigter Anwalt und Notar in ihrem Heimatort war.

Da finanzielle Nöte somit nicht zu ihren drängendsten Problemen gehörten, arbeitete Chrissy nicht und nutzte die Vormittage lieber dafür, sich sportlichen und kosmetischen Hobbys hinzugeben. Montags und donnerstags hatte sie Power Yoga, am Dienstag spielte sie Tennis und der Mittwoch war ihr Wellnesstag, an dem sie es sich bei Sauna und Massagen gut gehen ließ. Der Freitag war dafür reserviert, beim Friseur den letzten Klatsch und Tratsch auszutauschen oder sich in einem Nagelstudio die Fingernägel verschönern zu lassen.

Jan unterstützte sie in diesen Vorhaben und war stolz, eine so attraktive Frau an seiner Seite zu haben. Gern präsentierte er sie bei geschäftlichen Meetings oder auch im Freundeskreis. Chrissy hingegen mochte es, in der Öffentlichkeit die liebende Ehegattin zu spielen und Komplimente für ihr Aussehen zu erhalten. Sie war auch stolz auf ihren Mann, der ihr dieses Luxusleben ermöglichte, auch wenn sie sich manchmal dabei erwischte, dass sie sich selbst etwas snobistisch vorkam. Ihr Bekanntenkreis bestand nur aus oberflächlichen Tussis, die einen ähnlichen finanziellen Hintergrund hatten wie sie. Bei ihren Treffen wurde albern gekichert, Sekt, Aperol oder andere Trendgetränke geschlürft und über die Abwesenden gelästert. Bei den nächsten Treffen wurden die Lästeropfer freundlich mit Bussi-Bussi begrüßt und das Spiel ging wieder von vorn los.

Echte Freundinnen hatte sie seit ihrer Schulzeit nicht mehr gehabt.

Natürlich gab es in ihrer Ehe auch Rituale. Samstagmorgens gingen sie und Jan zusammen über den Wochenmarkt, um frisches Biogemüse und nachhaltige Orangen zu erwerben, die sie dann mit dem überdimensionierten Auto nach Hause fuhren. Auf dem Wochenmarkt konnte man aber samstags gut demonstrieren, dass man mit so profanen Dingen wie Rasenmähen, Hausputz oder Unkrautzupfen nichts zu tun hatte. Dafür gab es schließlich Gärtner oder Reinigungskräfte.

Sonntags fuhren sie bei gutem Wetter mit dem Sportcabrio einmal um den nahe gelegenen See, um dann in irgendeiner Trendkneipe mit langweiligen Leuten Sekt, Aperol oder … bla, bla, bla – immer das Gleiche.

Na, ja, und mittwochs wurde halt gefickt.

Jan traf sich jeden Mittwoch nach dem Büro mit einem

Kollegen um halb sieben zum Squashspielen und kam so gegen halb neun frisch geduscht und aufgeputscht durch den Sport nach Hause. Er mochte es, wenn Chrissy noch diesen leichten Duft von Massageöl von ihrem Wellnesstag an sich hatte.

Chrissy liebte ihren Mann und wünschte sich manchmal, nein eigentlich fast immer, der Sex mit Jan wäre zumindest halb so gut, wie sie es ihren sogenannten Freundinnen immer andeutete. Wenn sie in geselliger Frauenrunde auf die Qualitäten der Männer im Bett zu sprechen kamen, verdrehte sie nur genussvoll die Augen und lächelte vielsagend. Das wurde allgemein so gedeutet, dass er nicht nur fantasievoll und ausdauernd im Bett war, sondern dass er sie auch durch sämtliche Spielarten der Liebeskunst vögelte. Dem war leider nicht so.

Jetzt, am Mittwoch um Viertel vor acht wusste sie genau, wie der Abend enden würde: In einer Dreiviertelstunde würde er durch die Garage ins Haus kommen und seine Sporttasche an der Kellertreppe abstellen. Dann würde er ihr einen Kuss geben, der etwas länger andauern würde als die sonstigen Begrüßungsküsse.

»Oh, du riechst heute wieder gut. Du weißt schon, was das mit mir macht, wenn du so gut riechst?«

Darauf würde Chrissy empört antworten: »Denkst du kleiner Schwerenöter eigentlich immer nur an das eine?«

»Wenn du so verführerisch duftest, kann ich dir einfach nicht widerstehen, Schatz. Du heißes Luder legst es doch drauf an, mich ins Bett zu bekommen ...«

Danach würde Chrissy ihn am Kragen packen, hinter sich her ins Schlafzimmer zerren. Mit perfekter schauspielerischer Leistung, als könnte sie sich nichts Schöneres vorstellen, als an einem Mittwochabend von ihrem Mann nach Drehbuch verführt zu werden.

Jeden Mittwoch das gleiche Drehbuch.

Manchmal variierte sein Dirty Talk aber auch: Dann wurde aus dem heißen Luder eine scharfe Braut oder eine flotte Biene. Das war ungefähr so sexy wie Kartoffelsalat.

Mehr an Fantasie oder Leidenschaft brauchte Chrissy nicht zu erwarten. Wenn Jan bei seinen Steuerschlupflöchern genauso einfallsreich wäre wie im Bett, dann würden sie beide am Hungertuch nagen, da war sie sicher.

Im Bett angekommen, würden sie sich hastig aus den Klamotten schälen, wobei Jan seine Kleidung bei aller Hast noch ordentlich über den Herrendiener legen würde. Dann würden sie sich aneinanderkuscheln und sie würde Jans Schwanz mit bewundernden »Ahhs« und »Oohs« zur vollen Größe reiben.

Danach gab es zwei Möglichkeiten: Entweder rollte sich Jan über sie und versuchte ungeschickt, sein Ding in ihr Loch zu stecken, wobei sie ihm regelmäßig helfen musste. Oder aber sie setzte sich auf ihn und erledigte das Andocken gleich selbst. In welcher Variante auch immer – das sogenannte Vergnügen war schnell vorbei, weil er innerhalb kürzester Zeit seine Sahne in ihrer Muschi verteilte.

Danach kam das obligatorische Saubermachen, ein Küsschen, ein wenig Kuscheln und nach spätestens fünf Minuten war Jan befriedigt eingeschlafen.

Jetzt begann normalerweise die wöchentliche Reise ins Land der Fantasie. Sie lag wach und malte sich aus, was sie an diesem Mittwoch viel lieber erlebt hätte. Manchmal war es der Handwerker, Postbote oder irgendwer, der sie in der Küche oder im Wohnzimmer hart auf der Arbeitsplatte bzw. dem Sofa rammelte. Der genau wusste, wo sein »Ding« reinmusste und der auf jeden Fall mehr Ausdauer hatte als ihr Mann. Einmal hatte sie sich ausgemalt, wie es wäre, wenn ein Einbrecher ins Haus kommen würde, ihren Mann knebeln und ans Bett fesseln und sie danach nach allen Regeln der Kunst vor den

Augen ihres Mannes durchficken würde. Diese Fantasie hatte sie beim Masturbieren so geil gemacht, dass Jan fast bei ihrem Orgasmus aufgewacht wäre.

Während sie noch über den kommenden Ablauf des Abends nachdachte, klingelte ihr Telefon und eine unbekannte Nummer wurde angezeigt.

»Hallo?«, meldete sie sich, wie sie es immer bei unbekannten Nummern machte.

»Chrissy, bist du es?«, drang eine aufgeregte, entfernt bekannte Stimme an ihr Ohr. »Ich bin es, Tina!«

Chrissy war total überrascht. Tina war in der Schule ihre beste Freundin gewesen. Da Tina eigentlich auch Christina hieß, wurde die eine Chrissy und die andere Tina gerufen. Das war bis heute so geblieben, obwohl die beiden sich seit fast fünf Jahren nicht gesehen hatten und in unterschiedlichen Städten wohnten.

»Mensch, Tina, das ist ja eine Überraschung!«, freute sich Chrissy und sofort kamen die beiden ins Plaudern, wie es der anderen ergangen war.

Schließlich kam Tina auf den Grund ihres Anrufs zu sprechen: »Du, pass mal auf! Eigentlich wollte ich mit meinem Mann für fünf Tage nach Spanien fahren, wir haben dort eine kleine Finca in den Bergen gemietet. Jetzt muss mein Daniel aber beruflich in den Oman fliegen und bevor ich die Reise storniere, frage ich doch lieber meine beste Freundin, ob sie nicht spontan Lust hat, mit mir zu fliegen.«

»Was heißt denn bei dir spontan?«, wollte Chrissy wissen.

»Morgen Mittag geht unser Flieger!«

***

Erschöpft ließ sich Chrissy in den Flugzeugsitz fallen. Sie hatte es tatsächlich geschafft: Zuerst musste sie Jan überzeugen, dass er es wohl auch einmal fünf Tage ohne sie schaffen würde, schließlich würde sie ja bis zum nächsten Mittwochsfick wieder zu Hause sein. Dann musste sie ihre Sommersachen raussuchen, ihren Koffer packen, den Parkplatz am Flughafen buchen, die Tickets umschreiben lassen und noch viele andere Kleinigkeiten erledigen.

Jetzt begann der Urlaub und sie war aufgeregt wie ein kleines Kind. Es würde ganz bestimmt nicht so exzessiv werden wie die Partyurlaube, die sie als Jugendliche gemeinsam gemacht hatten, aber mit Tina war es nach fünf Minuten so, als hätten sie sich gerade erst das letzte Mal gesehen. Erst jetzt merkte sie, wie sehr sie ihre Freundin vermisst hatte, und sie fühlte sich so befreit wie schon seit Jahren nicht mehr.

Auch wenn sie Namenscousinen waren und sich als Seelenverwandte fühlten, unterschieden sie sich optisch in fast allen Belangen. Während Chrissy mit ihren blonden Haaren und der sportlichen Figur eher hochgewachsen war, konnte Tina ihre italienischen Wurzeln nicht verleugnen. Die olivfarbene Haut, die dunklen Haare und die tiefbraunen Augen sprachen eine ebenso deutliche Sprache wie die ausgeprägten Rundungen ihres Körpers, die den knapp einen Meter siebzig großen Körper drall erscheinen ließen, ohne dass an ihm etwas schwabbelte oder wackelte. Ihre schmale Taille war ein wunderbarer Kontrast zu ihrem prallen Hintern und ihren klasse Brüsten in C-Körbchen-Größe.

Wenn die beiden zusammen auftauchten – das war in der Vergangenheit schon so gewesen –, guckte ihnen fast jeder Mann hinterher. Entweder weil er auf den südländischen oder auf den nordischen Typ stand. Oder weil er keine Präferenzen hatte und einfach beide vernaschen wollte. Die Kehrseite der Medaille war, dass sie mindestens genauso viele böse Blicke der zugehörigen Frauen ernteten.

Die Hinreise verging buchstäblich wie im Flug und mit

dem Mietwagen erreichten sie schnell das kleine Örtchen, in dem sich die Finca befand. In einem Supermarkt besorgten sie sich die notwendigen Dinge für die ersten Tage und vor allem zwei Flaschen spanischen Rotweins.

Die Finca war in U-Form gebaut mit der offenen Seite nach Südwesten, sodass jetzt am frühen Abend die letzten Sonnenstrahlen den Innenhof erreichten. In diesem Innenhof befand sich ein im Boden eingelassener, etwa fünf mal acht Meter großer Pool. Da das Haus weit oben am Hang stand, hatte man einen herrlichen Ausblick in Richtung Strand, ohne dass jemand Einblick in den Innenhof hatte.

Als Tina den einladenden Pool sah, ließ sie umgehend Koffer und Tasche fallen und stürmte nach draußen. Chrissy beobachtete amüsiert, wie sie sich in Windeseile splitterfasernackt auszog und dann mit dem Rücken zum Pool stellte. Sie bewunderte den straffen Körper ihrer Freundin mit den in ihren Augen perfekten weiblichen Rundungen. Tina stand mit gespreizten Beinen und emporgereckten Armen vor ihr, sodass sie unschwer erkennen konnte, dass ihre Freundin ebenso wie sie komplett rasiert war.

»Darauf habe ich die ganze Reise gewartet«, freute sich Tina und ließ sich rücklings in den Pool fallen. »Komm rein, es ist herrlich!«, prustete sie, als sie wieder an die Oberfläche kam, und begann damit, Chrissy nass zu spritzen.

»Na, warte, dir werde ich es zeigen!« Auch Chrissy schlüpfte aus ihrer Reisegarderobe und sprang mit einer perfekten Arschbombe direkt neben Tina ins Wasser.

Sofort begannen die beiden, herumzualbern und zu planschen, als wären sie beide mindestens zwanzig Jahre jünger. Sie versuchten, die jeweils andere mit dem Kopf unter Wasser zu drücken, und es entbrannte ein kleiner Ringkampf, in dem Tina ihrer Kontrahentin von hinten fest die Arme um den Körper legte, um sie aus dem Gleichgewicht zu bringen. Hierbei drückten sich ihre beachtlichen Brüste an Chrissys Rücken, ihre Hände lagen auf den festen Pampelmusen ihrer besten Freundin.

Während sie ihren Klammergriff verstärkte und dabei auch Chrissys Arme immer fester an ihren Körper drückte, meinte sie, ein lustvolles Stöhnen zu hören. Was sie aber ganz sicher registrierte, waren die steifen Nippel der schlanken Frau, die keck an ihren Händen rieben. Sie verstärkte den Druck auf die Titten und massierte diese kräftig durch. Nun stöhnte Chrissy unverkennbar und ihr Körper erschlaffte, weil sie keinen Grund zur Gegenwehr mehr sah. Sie genoss Tinas Behandlung und legte stöhnend den Kopf zurück auf Tinas Schulter.

»Besorg es mir«, keuchte sie, »so wie früher!«

Als Teenager hatte Chrissy häufig bei Tina übernachtet und war das eine oder andere Mal mit unter die Bettdecke ihrer Freundin gekrabbelt. Dort hatten sie sich zuerst aneinandergekuschelt, um sich dann mit gegenseitigen Streicheleinheiten zu verwöhnen. Sie hatten am nächsten Tag nie darüber geredet, weil es ihnen peinlich war und sie sich für ihre gleichgeschlechtliche Lust etwas schämten. Trotzdem waren es jedes Mal berauschende Erfahrungen gewesen und sie waren beide mindestens zweimal in der Nacht zum Orgasmus gekommen, auch wenn sich das ganze Vorgehen weitestgehend im Dunkeln und unter der Bettdecke abgespielt hatte.

Heute war das etwas anderes: Chrissy verlangte nach Befriedigung und Tina hatte schon während des Fluges gemerkt, dass der angeblich so glücklichen Ehefrau etwas Gewaltiges auf der Seele lag. Nun war es an ihr, ihrer verspannten Freundin zu ein wenig Entspannung zu verhelfen.

Nichts lieber als das. Sie hatte schon bei der Rangelei gemerkt, dass Chrissy heute etwas grober angefasst werden wollte.

Das konnte sie haben.

Während sie mit der einen Hand die Brust ihrer Freundin fester massierte und dabei auch den erregten Nippel nicht außer Acht ließ, fuhr sie mit der anderen Hand direkt zwischen Chrissys Beine und verwöhnte ihren Kitzler, der so deutlich zu ertasten war, dass selbst ein Mann ihn ohne Probleme gefunden hätte. Da Tina immer noch hinter Chrissy stand, war die Perspektive ähnlich wie bei einer der zahlreichen Selbstbefriedigungen, die sie in Abwesenheit ihres Mannes praktizierte. Sie wusste genau, wann sie fest und wann sie zärtlich vorgehen musste, um ihrer Freundin die schönsten Genüsse zu bereiten. In dieser ersten Runde wollte sie Chrissy nicht unnötig auf die Folter spannen, denn sie merkte instinktiv, dass sie es unheimlich nötig hatte und sich nach der ersten Erlösung sehnte.

Dank Tinas routinierter Behandlung begann Chrissy schon bald, lauter und abgehackter zu stöhnen, und erreichte mit einem unterdrückten Schrei ihren ersten, aber beileibe nicht letzten Orgasmus dieses Urlaubs. Fast wären ihr die Beine unter dem Körper weggesackt, aber Tina hielt sie fest und bugsierte sie, nachdem die Wellen der Lust abgeklungen waren, an den Rand des Beckens.

Chrissy drehte sich mit Tränen in den Augen zu Tina um und hauchte nur ein »Danke«, bevor sie die Freundin fest in den Arm nahm.

»Ich glaube, du bist ganz schön untervögelt«, orakelte Tina. »Ich bring dich jetzt erst einmal wieder auf ein normales Level, bevor wir uns bei einer Flasche Wein ernsthaft um deine Probleme kümmern.«

Chrissy nahm den Kopf ihrer Freundin in die Hände und gab ihr einen Kuss auf den Mund. Dabei fiel ihr ein, dass sie sich bei allen Zärtlichkeiten, die sie im Laufe der Teenagerjahre ausgetauscht hatten, noch nie richtig geküsst hatten. Sie gab ihr einen zweiten, längeren Kuss und registrierte die weichen vollen Lippen, die sich wie reife Kirschen an ihrem Mund anfühlten. Jetzt wollte sie mehr davon und fasste Tina um den Hals, zog sie an sich und drückte ihre Lippen kraftvoll auf ihren Mund. Fordernd und neugierig suchte sie die Zunge der Freundin, die das Spiel nur zu gern mitspielte.

Einige Minuten standen die beiden nackten Frauen im Pool, knutschten wie verliebte Teenager und streichelten sich gegenseitig an allen Stellen, die ihre Hände erreichen konnten.

Als sie sich getrennt hatten, schob Tina, heftig nach Luft schnappend, die untervögelte Ehefrau an den Rand des Beckens und setzte sie so an den Rand, dass die Unterschenkel noch im Wasser baumelten, der Po jedoch im Trockenen saß.

»Und jetzt besorge ich es dir richtig!« Nach dem diabolischen Grinsen, das sie präsentierte, schien Tina ihre Rolle als dominante Verführerin zu gefallen.

Chrissy antwortete nicht, zog aber mit einem interessierten Grinsen erwartungsvoll die Augenbrauen nach oben.

Tina nutzte umgehend ihre Lage im Pool aus und spreizte mit den Armen die Beine ihrer Gespielin weit auseinander, sodass sie die geile Pussy direkt vor ihrem Gesicht hatte. Eigentlich hatte Chrissy eine sogenannte Barbie-Fotze, bei der die äußeren Schamlippen die inneren Lappen verdecken und im Normalfall nur ein schmaler Strich zu sehen ist. Nun jedoch, zwischen den gespreizten Beinen, konnte Tina die feuchten Lappen bewundern und Chrissy präsentierte mit den Fingern noch ihr feuchtes Loch, aus dem die Geilheit deutlich heraustriefte.

Dieser Einladung konnte Tina nicht widerstehen und schob ihre Zunge weit in die geöffnete Höhle hinein. Leidenschaftlich leckte sie den geilen Sirup ihrer Freundin, doch je mehr sie

56

leckte, desto mehr kam immer wieder nach. Dem Stöhnen nach schien Chrissy dieses Vorgehen zu gefallen. Als sie ihren Mund zurückzog, um sich den Schamlippen zu widmen, drängte Chrissy sich fest an ihr Gesicht. Das war das Indiz für Tina, dass es ihre Freundin ganz schön nötig hatte. Also schob sie schnell einen Finger in die Fotze und umspielte weiter mit ihrer Zunge den Vorfrosch und die Lusterbse.

»Jaahh, besorg's mir! Nimm mich richtig hart ran! Oooh, ist das geil!«

Diese Aufforderung nahm Tina zum Anlass, gleich einen weiteren Finger in die heiße Grotte zu schieben und mit rhythmischen Fickbewegungen die Ekstase der Freundin anzufeuern.

Als sie Zeige- und Mittelfinger bis zum Anschlag in Chrissy versenkt hatte, begann sie damit, das Innere der Höhle zu erkunden und den G-Punkt zu verwöhnen.

»Hör jetzt bloß nicht auf, das ist so geil!«

Tina wiederholte dieses Wechselspiel zwischen Fickbewegungen und Höhlenforschung mehrfach und entlockte Chrissy damit grunzende Laute, die ihre Erregung eindrücklich beschrieben. Tina, die zwischen den Beinen ihrer Freundin kniete, wechselte bei jedem Durchgang zwischen der rechten und der linken Hand, um ihre Kräfte zu schonen. Vielen Frauen fällt es schwer, nur durch vaginale Stimulation zum Orgasmus zu kommen, und so war es auch bei Chrissy. Wenn es dann aber endlich so weit ist, kann der Höhepunkt wesentlich intensiver und länger ausfallen, als wenn die Lustperle ebenfalls verwöhnt wird.

Tina schaute amüsiert, aber auch erregt zu, wie sich Chrissy vor Lust hin und her wandte, ohne über die erlösende Klippe springen zu können.

Als sie der Ansicht war, dass ihre Freundin lange genug unter der quälenden Lust gelitten hatte, nahm sie den gut angefeuchteten Mittelfinger der anderen Hand und schob ihn ohne Vorwarnung in die enge Rosette ihrer Spielkameradin. Diese riss erstaunt die Augen weit auf und bereits nach zwei heftigen, gut koordinierten Fickbewegungen kam für Chrissy endlich die lang erwartete Erlösung.

Chrissys Körper verkrampfte, sie rollte sich auf die Seite und presste die Beine fest aufeinander, sodass Tina fast befürchten musste, ihre Hand würde zwischen den Beinen der Freundin zerquetscht. Nachdem Chrissy mit einem lang gezogenen Schrei ihre Erlösung herausgeschrien hatte, ebbte das Stöhnen ab. Sie atmete flach und hektisch und ihr ganzer Körper begann, unkontrolliert zu zittern.

Tina legte sich neben sie und schlang die Arme um ihre Urlaubsbegleitung. Einige Minuten blieben sie einfach nur so liegen, bis Chrissy irgendwann schmunzelnd sagte: »Das wird ja einen Urlaub geben, wenn ich bereits am ersten Tag so verwöhnt werde …«

Tina lachte und die beiden sprangen erneut in den Pool. Als sie sich kurz darauf abgetrocknet hatten, begutachteten sie den Rest der sehr geräumigen Finca, packten ihre Koffer aus und räumten die Einkäufe weg.

Zwischenzeitlich war es dunkel geworden und die Freundinnen setzten sich in zwei Liegestühle auf der Veranda. Jede hatte ein Glas Rotwein in der Hand und sie prosteten sich zu.

Tina fing ganz unverblümt an: »Nun sei mal ehrlich: Wann bist du eigentlich das letzte Mal so richtig durchgenudelt worden? Ich hatte eben den Eindruck, dass du ordentliche Defizite in diesem Bereich hast.«

Chrissy erzählte zuerst zögerlich von ihren regelmäßigen Schäferstündchen am Mittwoch von 20:30 bis 20:42 Uhr und nach dem zweiten Glas Rotwein auch von den harmloseren ihrer Fantasien. Nach dem dritten und vierten Glas vertraute sie Tina an, dass sie mal so richtig dominiert werden und dabei auch hart angefasst werden wolle.

Tina zeigte sich amüsiert über die Fantasien ihrer Freundin, die sie teilte. Über die Leistungsfähigkeit ihres Mannes war sie jedoch bestürzt. »Das ist ja schrecklich. Mein Daniel verdient zwar nicht so viel wie dein Jan, dafür ist er im Bett durchaus zu gebrauchen. Auch mehrfach in der Woche.«

»Was machst du denn, wenn er wie jetzt auf Dienstreise ist? Hast du da eine Spielzeugschublade, um deine Lust zu befriedigen?«

»Ja, so eine Schublade habe ich, aber meine wirklichen Spielzeuge passen nicht in eine Schublade. Ich habe ein paar Bekannte, mit denen ich mich dann regelmäßig zum Ficken treffe.«

Jetzt war es an Chrissy, erstaunt und geschockt zu sein. »Hast du deinem Mann nicht die Treue geschworen? Kannst du das mit deinem Gewissen vereinbaren?«

»Weißt du, auch wenn sich das jetzt blöd anhört: Ich bin meinem Mann treu. Ich liebe ihn und möchte mit ihm alt werden. Ich frage nicht, was er auf seinen Dienstreisen macht, und er fragt nicht, wie ich mich in der Zeit vergnüge. Beim Eheversprechen war von Treue, aber nie von Exklusivität die Rede. Das ist ein großer Unterschied und das sehen wir beide auch so.«

Das musste Chrissy erst einmal sacken lassen und sie grübelte über ihrem Rotwein. So hatte sie das noch nie gesehen, auf philosophische Diskussionen hatte sie heute Abend allerdings keine Lust. Aber sie wollte noch eine andere Frage loswerden. »Bis du schon einmal in den Arsch gefickt worden?«

Tina lachte. »Einmal? Mindestens einmal pro Woche. Du etwa noch nie?«

»Kannst du dich noch an Olaf aus unserer Stufe erinnern? Der hat es damals bei mir probiert. Mein Loch war zu eng, ich zu verkrampft und der unerfahrene Olaf ist schon gekommen, als er noch versucht hat, mir die Eichel in die Rosette zu schieben. Also eigentlich war mein Poloch bis eben noch jungfräulich.«

So plauderten sie noch eine Zeit lang über ihre Jugendbeziehungen sowie die geheimen Wünsche und gingen dann leicht angeschwipst ins Bett. Sie kuschelten sich aneinander und Chrissy versäumte es nicht, sich bei ihrer Freundin mit einem ausgiebigen Verwöhnprogramm zu revanchieren.

***

Am nächsten Tag packten sie ein paar Utensilien für den Strand ein und suchten sich in der nahe gelegenen Bucht ein gemütliches Eckchen. Sie genossen die Sonne, die Ruhe und die erfrischenden Ausflüge ins Meer. Gegen Mittag besuchten sie eine Bodega, um einen kleinen Imbiss zu genießen. Sie setzten sich, nur mit ihren Bikinis bekleidet, an einen Tisch in der Ecke und studierten die Speisekarte.

Nach einigen Minuten kam ein etwa fünfundzwanzigjähriger Angestellter zu ihnen an den Tisch, um die Bestellung aufzunehmen. Er war die Verkörperung eines spanischen Verführers und sprach die Damen mit einem charmanten Akzent auf Deutsch an. »Guten Tag, meine Damen, ich bin Umberto. Leider muss ich Sie darauf hinweisen, dass es in diesem Restaurant nicht erlaubt ist, Speisen nur im Bikini einzunehmen.«

Tina schaute sich in dem Lokal um. Die einzigen anderen Gäste waren zwei Rentner, die in der gegenüberliegenden Ecke saßen und in ihr Backgammon-Spiel vertieft waren.

Mit einem verführerischen Grinsen sagte sie bettelnd: »Es ist soo weit bis zu unserem Platz am Strand und wir haben doch soo einen Durst. Können Sie nicht einmal eine Ausnahme machen? Wir stören doch niemanden.«

»Tut mir leid, das ist die Regel, darauf besteht mein Chef!«

»Würde es denn helfen, wenn wir den Bikini ausziehen?«, fragte sie und holte eine ihrer vollen Brüste aus dem viel zu kleinen Bikinioberteil.

Der Kellner schaute fasziniert auf den steifen Nippel, den Tina mit ihrem Finger verführerisch umspielte.

Souverän antwortete er: »Okay, ich denke wir können heute eine Ausnahme machen. Unter einer Bedingung ...«

»Die wäre?«, fragte Chrissy, fasziniert von dem aggressiven Flirten ihrer Freundin.

»Im Nachbarort gibt es einen kleinen Club, so eine Art Geheimtipp. Dort wollte ich heute Abend mit meinen Freunden feiern. Kommt einfach um acht Uhr da vorbei!«

Nachdem die Freundinnen ihm dies zugesagt hatten, nannte er die Adresse und brachte kurz darauf die bestellten Erfrischungen.

»Du willst da doch nicht wirklich hingehen, oder?«, fragte Chrissy ihre Freundin, als sie später das Lokal verließen.

»Wieso denn nicht, der ist doch süß, der Kellner. Hast du heute Abend etwa schon was anderes vor?«

***

Zum Abend hin machten sich die Ladys stadtfein.

Chrissy hatte sich erst gesträubt, aber eine Flasche Wein und die Aussicht auf ein paar Komplimente von jungen Männern und neidische Blicke der anderen Frauen ermunterte sie, ein sexy Outfit anzuziehen. So trug sie ein einteiliges Sommerkleid, das nur mit dünnen Trägern auf den Schultern gehalten wurde und eine Handbreit über den Knien endete. Der Hingucker waren jedoch die Schlitze links und rechts, die fast bis zur Hüfte reichten und mehr zeigten als verbargen. Da die dünnen Träger einen BH nicht verbergen konnten, verzichtete sie darauf, einen zu tragen. Ihre festen Brüste hatten dank guter Gene und ihrer sportlichen Aktivitäten bisher erfolgreich der Schwerkraft getrotzt, sodass sie das Reiben des seidig glänzenden Stoffes auf ihren Brustwarzen ungehindert genießen konnte. Da sich selbst ein Stringtanga unter dem engen Kleid abzeichnete, schenkte sie sich auch diesen und verließ nur mit Riemensandalen und dem Kleid das Haus.

Tina betonte ihre üppigen Rundungen mit einer weißen Bluse, die wie immer mindestens eine Nummer zu klein war. Den unteren Teil knotete sie zusammen, im oberen Bereich präsentierte sie freizügig ihr imposantes Dekolleté. Nur ein Knopf hielt die Bluse über ihren üppigen Möpsen zusammen und Chrissy bewunderte das Vertrauen, dass Tina dem Schneider entgegenbrachte, der diesen Knopf angenäht hatte. Zu ihren High Heels trug sie eine Hotpants, bei der ihr wohlgeformter Hintern an den Seiten hervorblitzte.

Der Taxifahrer, der sie zu der angegebenen Adresse bringen sollte, hatte sichtlich Probleme, sich auf den Verkehr zu konzentrieren, weil er die ganz Fahrt sabbernd in den Rückspiegel schaute.

Er ließ sie in einer verlassenen Gegend raus, in der es nirgendwo nach einem Club aussah, und zeigte auf die Tür eines Wohnhauses. Von dort hörten sie leise Musik auf der Straße, also schienen sie nicht ganz falsch zu sein.

Es war schon Viertel nach neun, als sie an die Tür klopften. Kurz darauf öffnete Umberto und war augenscheinlich freudig überrascht, die beiden Damen zu sehen. Er hatte schon nicht mehr mit ihnen gerechnet und bewunderte nun die Aussichten, die ihm hier direkt an der Tür geboten wurden.

»Da hat sich das Warten ja mehr als gelohnt«, sagte er bewundernd und bat die Freundinnen herein. Sie traten in einen etwa vierzig Quadratmeter großen Raum, der mehr an eine Kellerbar als an einen Club erinnerte. Umberto verschwand hinter der Theke und mixte den beiden Gästen jeweils einen Caipirinha.

Chrissy nutzte die Zeit, um sich in dem sogenannten Club umzusehen. Neben der Theke gab es noch eine kleine Sitzgarnitur mit einer überbreiten Couch, einen Billardtisch und eine kleine Tanzfläche. Es waren etwa fünfzehn Gäste anwesend, wobei sie nur zwei weitere Frauen entdeckte. Sie waren ähnlich gekleidet wie sie und Tina, was sie im ersten Moment beruhigte. Der Dresscode war also schon einmal okay.

Der Rest der Gäste bestand hauptsächlich aus jungen Männern zwischen zwanzig und fünfundzwanzig Jahren, die allesamt einen sportlichen Eindruck machten. Sie trugen meist weit aufgeknöpfte Hemden, um ihre trainierten, gut gebräunten Oberkörper zu präsentieren. Einige hatten eng anliegende T-Shirts an, unter denen sich kräftige Brustmuskeln und schlanke, feste Bäuche abzeichneten.

Einer der Gäste stach eindeutig aus der Menge hervor. Er wurde, wie sie später erfahren sollte, »El Toro«, also der Stier genannt. Seine dunkle Haut und sein imposanter Körper rechtfertigten diesen Spitznamen ohne Frage. Mit seinen zwei Metern Körpergröße überragte er die anderen Besucher deutlich und sein muskelbepackter Körper erinnerte Chrissy an die Actionhelden aus den Hollywoodfilmen. Dass er seinen Spitznamen weder seiner Hautfarbe noch seinen Muskeln zu verdanken hatte, würde sie an diesem Abend auch noch erfahren.

Nach und nach realisierte sie, dass der Anteil der Männer überproportional hoch war und sich die anderen Frauen eindeutig amüsierten. Eine der beiden stand in einer Raumecke und knutschte mit einem der Männer, der bereits eine Hand unter ihr kurzes Kleid geschoben hatte. Die andere saß auf dem Sofa und ließ sich von den Männern, die links und rechts von ihr saßen, die Brüste massieren. Gleichzeitig rieb sie beiden die Beulen, die sich in ihren Hosen deutlich abzeichneten.

Chrissy war etwas geschockt und raunte Tina zu: »Lass uns hier verschwinden! Das ist kein Club.«

»Nein«, sagte ihre Freundin, »das ist das Paradies.« Sie nahm ihr Glas von der Theke, flüsterte Umberto etwas ins Ohr und ging zu zwei Männern, die gerade Billard spielten.

Umberto sprach Chrissy an. »Fühlst du dich nicht wohl? Wenn du gehen möchtest, kannst du uns jederzeit verlassen. Sag einfach zweimal das spanische Wort für Ausgang – ›Salida‹ –, schon kannst du gehen! Genieß es einfach, solange du magst! Deine Freundin scheint sich bereits prächtig zu amüsieren.«

Schockiert, aber auch neugierig nahm sie wahr, dass Tina nicht nur die Beulen in den Hosen der Männer massierte. Während sie die Schwänze der Billardspieler aus ihren engen Hosen befreite, beschäftigten diese sich mit ihren dicken Titten. Einer der Männer saugte an einem Euter, der andere massierte das zweite. Fasziniert beobachtete sie das Treiben und merkte, wie ihre eigene Fotze durch das wilde Treiben ihrer Freundin feucht wurde.

Bei dem Paar in der Ecke konnte sie erkennen, dass die Hand des Mannes mittlerweile so weit zwischen den Beinen der Frau verschwunden war, dass mindestens zwei Finger in ihrer Pussy stecken mussten.

Die Frau auf dem Sofa hatte sich zwischenzeitlich rittlings auf einen der Kerle gesetzt, wobei sie ihren Rock hochgeschoben hatte. Ob sie schon angedockt hatte, konnte sie aus der Perspektive nicht erkennen, da der Mann seine Hose noch anhatte. Der zweite Kerl, der das Geschehen besser beobachten konnte, hatte seinen beachtlichen Prügel aus der Hose befreit und wichste seinen Schwanz bei dem interessanten Schauspiel neben ihm.

Erschrocken stellte Chrissy fest, dass noch etwa zehn Männer übrig waren, die die Schauspiele, die sich an den einzelnen Ecken boten, ebenso interessiert beobachteten. Aber auch sie selbst bekam nach und nach mehr Aufmerksamkeit von den Männern, die sich ihr langsam wie ein Rudel Wölfe näherten.

»Jungs«, sagte Umberto zu den Männern, »sie ist zum ersten Mal hier. Benehmt euch!« Chrissy, die von der Situation in gleicher Wiese erregt wie verängstigt war, entspannte sich leicht, als sich die Formation der Wölfe etwas auflockerte. Dann sagte Umberto etwas auf Spanisch, was sie nicht verstand, die Männer jedoch zum Grinsen brachte.

Einer der Männer kam auf sie zu, während der Rest zurückblieb und die Situation beobachtete. »Gefällt es dir hier?«

»Ich weiß noch nicht genau«, erwiderte sie unsicher, »es ist alles so ungewohnt.«

Er stand jetzt ganz nah vor ihr und sie spürte seine Männlichkeit, seinen Duft, seine Ausstrahlung. Rein optisch war er eine Sahneschnitte, aber da war noch etwas anderes. Sie registrierte seine natürliche Dominanz und seine Autorität. Er wusste, was er wollte, und im Zweifel wusste er auch, was sie wünschte. Auch wenn sie es noch nicht wahrhaben wollte.

»Wenn ich mir deine Nippel so anschaue, gefällt es dir hier sehr gut.«

Sie schaute an sich herunter und sah erstaunt, wie sich ihre Brustwarzen mehr als deutlich unter dem dünnen Kleid abzeichneten.

Da spürte sie, wie seine starke Hand zielsicher zwischen ihre Beine griff und einen Finger in ihrer klatschnassen Muschi versenkte.

Erregt stöhnte sie laut auf und genoss den Moment. Instinktiv kam jedoch ihre »gute Erziehung« durch und sie entzog sich dem Griff mit einem empörten »Was fällt Ihnen ein?«

»Ich werde dich jetzt hemmungslos ficken. Das fällt mir ein.«

Chrissy hatte sich schon abgewandt und drehte ihm den Rücken zu. Er packte zielsicher nach ihren langen Haaren und hielt diese wie einen Pferdeschwanz fest in der Hand. Damit bugsierte er sie zum Billardtisch und drückte unsanft ihren Oberkörper auf die Tischplatte. Was hatte er vor?

»Du kennst das Zauberwort!«, hörte sie eine Stimme, aber wozu sollte sie das sagen? Dies war genau das, was sie sich nachts unter der Bettdecke vorgestellt hatte. Sie träumte doch davon, einmal richtig rangenommen zu werden.

Sie bemerkte, wie ihr die Geilheit aus der Muschi tropfte. So scharf war sie noch nie gewesen. War es die Angst, die Neugierde oder die ungewohnte Situation, die sie so geil machten? Nein, es war die Aussicht auf einen hemmungslosen Fick.

Ihr Kopf wurde auf die Tischplatte gedrückt, sodass der raue Filz an ihren Wangen kratzte und die Tischkante schmerzhaft in ihren Bauch drückte.

Sie fühlte sich so lebendig wie noch nie.

Dann spürte sie, wie ihr Kleid hochgeschoben wurde und er ihre Beine unsanft mit den Füßen auseinanderschob. Sie musste einen geilen Anblick abgeben, so hilflos ausgeliefert mit herausgestrecktem nacktem Hintern.

Das Vorspiel ihres Stechers bestand darin, dass er ihr zwei kräftige Schläge auf den Arsch gab, was sie mit einem erstaunt freudigen Schrei quittierte. Anschließend setzte er ansatzlos seinen Schwanz an ihrer triefend nassen Fotze an und schob ihn in einer einzigen fließenden Bewegung in ihre enge Muschi. Sie spürte deutlich, dass das, was jetzt in ihr arbeitete, deutlich größer war als alles, was sie in den letzten fünfzehn Jahren zu spüren bekommen hatte. Jeden seiner Stöße begleitete sie mit einem erregten Stöhnen, weil sie so gut ausgefüllt war wie noch nie.

Bereits nach wenigen Minuten schwappte plötzlich eine Welle der Erregung über ihren Körper, die ihr einen vollkommenen überraschenden Orgasmus bescherte und ihr animalische Schreie entlockte. Anstatt zu pausieren, nahm ihr spanischer Stecher ihre Lustschreie zum Anlass, sie noch heftiger zu nageln. Ihr Körper konnte sich nicht wie sonst entspannen, sondern die Welle weitete sich zum Tsunami aus und spülte alles aus ihrem Körper, was noch an rationalem Denken vorhanden war.

Sie war zur Sklavin ihrer eigenen Lust geworden und genoss jeden Moment davon. »Fick mich, du geiler Stecher!«, feuerte sie den spanischen Lover an, als sie wieder Luft bekam. »Vögle mir die Seele aus dem Leib, mach mich fertig!«

Ihr Hengst ließ jedoch von ihr ab, ohne abgespritzt zu haben. Na gut, er hatte auch ordentliche Arbeit geleistet und in der Zeit mehr in ihr herumgestochert als ihr Mann in einem halben Jahr, den Längenvorteil noch nicht mitgerechnet.

An seiner Stelle übernahm ein anderer, ebenso begabter Kerl die Aufgabe, sie zu beglücken. Sein Schwanz war nicht ganz so dick (oder war sie schon ausgeleiert?), aber etwas länger als der seines Vorgängers. Er erreichte Gegenden in ihrer Pflaume, die zuvor noch nie ein Mensch besucht hatte. Auch dieser Kerl bescherte ihr einen intensiven Orgasmus, der sie fast ohnmächtig werden ließ.

Es war wie Salzwasser trinken. Je mehr sie bekam, desto stärker verlangte ihr Körper nach noch mehr.

Aus den Augenwinkeln sah sie, wie Tina laut stöhnend von zwei Kerlen gleichzeitig gefickt wurde. Während sie auf dem einen ritt, hockte der andere hinter ihr und schob ihr den Schwanz in die Arschrosette.

Der Nächste, der bei ihr an der Reihe war, war nicht so gut gebaut wie seine Vorgänger, obwohl er immer noch besser bestückt war als ihr Schlappschwanz zu Hause.

Chrissy feuerte die Kerle mit Aussagen an, die sie vor drei Stunden nicht einmal gedacht hatte. »Fick mich in den Arsch, du geiler Hengst!«

Sie merkte, dass er sie verstanden hatte, denn er schmierte seinen Schwanz in ihrer immer noch feuchten Grotte mit ihrem geilen Muschihonig ein. Dann zog er ihn heraus und spreizte ihre Arschbacken mit aller Kraft.

Was habe ich mir bloß dabei gedacht? Die Angst kam zurück, weil sie wusste, dass sie jetzt den ersten Arschfick ihres Lebens bekommen würde.

Als seine dicke Eichel an ihre Hintertür klopfte, schrie sie tatsächlich vor Schmerzen auf, biss sich dann aber auf die Lippen und versuchte, diese neue Erfahrung zu genießen. Als das erste Drittel seines Schwanzes in ihrem Arsch versenkt war, schob er den Rest mit einem Ruck hinterher und begann mit langsamen Fickbewegungen.

Die Schmerzen wurden Stoß für Stoß von Erregung abgelöst und schon nach einer Minute konnte sie sich kaum noch beherrschen, so geil fand sie diese neue Art der Stimulation. Bereits nach wenigen Minuten überrollte sie der erste Arschorgasmus ihres Lebens, der sie mit vollkommen neuen Gefühlen übermannte.

Jetzt wollte sie auch beide Löcher gestopft bekommen und brachte dies zum Ausdruck.

Es waren doch hoffentlich noch ein paar Kerle da, die es ihr besorgen konnten? Oh ja, da standen sie fast alle um sie herum und wichsten ihre Schwänze. Wie geil war das denn, bitteschön?

Sie zog endlich ihr Kleid aus und bedeutete Umberto, sich mit dem Rücken auf den Billardtisch zu legen, was dieser auch gern tat. Sein Fahnenmast zeigte steil nach oben und sie hockte sich mit dem Po direkt drüber. Er ahnte, was kommen würde, und verschmierte ein paar Lusttropfen von seiner Eichel über die gesamte Spitze seines Bohrgeräts. Sie ließ sich langsam in umgekehrter Reiterstellung auf seinem Schwanz nieder und verleibte sich die ganze Länge mit einem Rutsch ein. Nun steckten die ganzen zwanzig Zentimeter bis zum Anschlag in ihrem Arsch und sie genoss jeden einzelnen davon.

Gleichzeitig präsentierte sie den Umstehenden ihre nimmersatte Muschi, indem sie die Fotzenlappen mit ihren Fingern auseinanderzog und ihr gut geweitetes Loch einladend anbot. Diese Einladung wurde umgehend angenommen und ein weiterer Stecher kam auf den Billardtisch und stopfte ihre Fut. Die beiden Männer fanden schnell einen Rhythmus, in dem sie Chrissy optimal verwöhnen konnten. Sie bemerkte, dass sie die Hauptattraktion im Raum war, weil das Schauspiel, welches sie auf dem Billardtisch ablieferten, von allen beobachtet wurde.

Tina und eine andere Frau stützten sich mit den Händen auf dem Tisch ab, während sie von hinten hart gefickt wurden. Die dritte Frau zeigte Nehmerqualitäten, weil sie einen dieser Riesenschwänze bis zum Anschlag in ihrem Mund verschwinden ließ und dabei immer wieder zu ihr hinüberblickte. Die restlichen Männer massierten ihre ausnahmslos prächtigen Exemplare bei dem geilen Anblick, den sie bot, und sie genoss es, im Mittelpunkt zu stehen.

Dann kam El Toro aus dem Hintergrund nach vorn und Chrissy wurde klar, wieso er diesen Spitznamen trug. Sein gewaltiger Phallus schien eher zu einem Pferd als zu einem

Mann zu gehören. Er war so lang wie ihr Unterarm und fast genauso dick und mit geschwollenen Adern umzogen. Da er beschnitten war, lag seine glänzende Eichel frei und zeigte ganz eindeutig in ihre Richtung.

Langsam kam er näher an den Billardtisch und sie befreite sich von den beiden Männern, die es ihr gerade noch besorgt hatten. Sie wollte diesen Schwanz berühren, ihn anfassen und in sich aufnehmen. Sie hatte keine Ahnung, wie das funktionieren sollte, aber sie wünschte sich nichts mehr, als von diesem menschgewordenen Zeus gefickt zu werden.

Sie krabbelte vom Billardtisch herunter, kniete sich vor ihn und umfasste seinen Schaft erst mit der einen Hand, dann mit der anderen. Sie küsste seine Eichel und fing an, diese zärtlich mit ihrer Zunge zu umspielen. Dann sperrte sie ihren Mund weit auf, um die Spitze mit ihren Lippen zu umschließen, was ihr mit Mühe gelang.

»Umberto hat gesagt, du brauchst es etwas härter. Das sollst du bekommen.«

Der schwarze Hüne packte grob ihre Haare und schob ihren Mund weiter über seinen Bullenziemer, sodass sie bereits einen leichten Würgereiz bekam. Mit dem festen Griff in ihren Haaren bestimmte er das Geschehen und begann damit, ihre Maulfotze zu ficken. Mit jedem Stoß drang er tiefer in ihren Hals vor und Chrissy dachte bei jedem Stoß, dass sie nicht noch mehr in ihren Mund aufnehmen konnte.

El Toro belehrte sie eines Besseren.

Nach ein paar Stößen zog er sich ganz aus ihr zurück, wobei sich lange Schleimfäden zwischen ihrem Mund und seinem Prügel bildeten. Sie atmete tief durch und nahm gierig seinen geilen Knüppel wieder auf. Dieses Spiel wiederholten sie einige Male, bis er sie hochzog und wie ein Spielzeug auf die Kante des Billardtischs setzte.

»Jetzt fick mich, du geiler Hengst!«, stöhnte sie, obwohl sie kaum glauben konnte, dass dieses Riesengerät in ihrer kleinen Pussy Platz finden würde. Sie war zwar im Lauf des Abends schon gut gedehnt worden, aber dieser Bullenschwanz war noch einmal ein ganz anderes Kaliber.

Der Hüne kam zwischen ihre weit gespreizten Schenkel und setzte »sein Ding« an ihrem Eingang an. Oh ja, dachte sie, der weiß, wie man damit umgeht. Trotz der Ausmaße war sein Rüssel knüppelhart und verlangte unerbittlich Einlass in ihre Fotze. Glücklicherweise hatte sie zum einen dieses Riesending ausgiebig angefeuchtet und zum anderen triefte ihre unersättliche Muschi immer noch vor Geilheit.

Er fasste sie hart an den Pobacken, damit sie nicht wegrutschen konnte, und Chrissy beobachtete fasziniert, wie sich sein Bohrhammer Zentimeter für Zentimeter weiter in ihre Tropfsteinhöhle vorarbeitete.

Allein dieser Anblick war an Geilheit schon nicht zu überbieten, doch das Gefühl, welches sich in ihrem Unterleib im wahrsten Sinne des Wortes breitmachte, toppte alles, was sie jemals erlebt hatte.

Erstaunt und fasziniert von den neuen, unbekannten Reizen, die unablässig in ihrer Dose explodierten, kam sie aus dem Stöhnen und Schreien nicht heraus. Von »Oh, ooh, ist das geil!« über »Wow, ist der gro-ho-ho hoss!« bis hin zu »Oh, fuck, spieß mich auf, du geiler Stier!« war alles dabei.

Die Zuschauer, die sich anderweitig vielfältig vergnügten, hatten kaum Augen für ihre jeweiligen Partner und schauten fasziniert zu, wie sie von dem Stier aufs Horn genommen wurde.

Als sie zwei Drittel seines Schwertes aufgenommen hatte, fragte sie sich, wie das anatomisch überhaupt möglich war. Endlich zog sich El Toro etwas zurück – und stieß kurz darauf wieder heftig zu. So arbeitete er sich unerbittlich wie ein Bulldozer Stoß für Stoß immer weiter in ihren Unterleib vor und Chrissy kam sich vor, als würde sie gepfählt werden, was ja auch irgendwie so war. Diese unbändige Kraft und dieses rücksichtslose Vorgehen erregten sie so sehr, dass die Schmerzen, die er ihr bereitete, nicht nur in den Hintergrund gerieten, sondern einen großen Teil ihrer Wollust ausmachten.

In dem Moment, in dem er endlich bis zum Anschlag in ihr steckte, fing ihr ganzer Körper an zu kribbeln. Jede Faser ihres Körpers war angespannt und registrierte alle Berührungen viel intensiver als sonst. Ausgehend von ihrer gut gestopften Mitte breiteten sich impulsartig Wellen der Lust in ihrem ganzen Körper aus. Ihre Muskeln verkrampften sich und sie bettelte ihn an aufzuhören, gleichzeitig hoffte sie, dass er es niemals tun würde.

Sie schlang ihre schlanken Beine um seine Hüften, krallte sich an seinem Hals fest und biss ihm vor lauter unkontrollierter Erregung in die Schulter.

Er legte eine Hand unter ihren Po und fing nun an, sie noch schneller und intensiver zu ficken, als er es ohnehin schon getan hatte. Die Zeit verlangsamte sich und sie ritt scheinbar unendlich auf dieser Welle der Erregung, die nicht abebben wollte.

El Toro hatte sie zwischenzeitlich an eine Wand gedrückt und nagelte sie unerbittlich weiter. Sie merkte, dass sein Atem schneller wurde und ihre fast schon spastischen Zuckungen, die ihren Leib kontrollierten, auch bei ihm nicht ohne Folgen geblieben waren.

Sie fühlte, wie der Druck in seinem Schwanz größer wurde, bis er in einer riesigen Eruption seine Sahne in ihre Fotze spritzte. Das Bullensperma, das sich in ihrem Unterleib verbreitete, half, das Feuer ihrer Erregung zu löschen oder zumindest einzudämmen. Erschöpft und glücklich hing sie an seinem Hals und ergötzte sich an seinem langsam in ihrem Körper schrumpfenden Penis. Die eigene Befriedigung und das Wissen, dass sie diesem Leibhaftigen das Lebenselixier abgeschröpft hatte, gaben ihr ein Gefühl der Genugtuung, wie sie es noch nie erlebt hatte.

Er legte sie auf dem Sofa ab und zog sich dann zurück. Mit einem seligen Grinsen wollte sie entspannen, aber das Sperma des Bullen lockte die beiden fremden Frauen an, die darum buhlten, ihre Fotze auslecken zu dürfen. Sie wechselten sich schließlich ab und Tina legte sich neben sie und streichelte zärtlich ihre Brüste, die immer noch gereizt waren.

Mit geschlossenen Augen genoss Chrissy das Verwöhn-programm, das die drei Frauen ihr bereiteten. Sie war noch immer auf einem so hohen Erregungslevel, dass sie nicht sagen konnte, ob das schon wieder ein Orgasmus war, der sich an-bahnte, oder ob es noch die abklingende Wirkung der letzten Befriedigung war.

Als sie die Augen wieder öffnete, registrierte sie, dass fast alle Männer mit ihren steifen Schwänzen wichsend um die geile Lesbenshow herumstanden, die sie auf dem Sofa ablieferten.

Als der erste seine Wichse auf das geile Quartett abspritzte, setzte der Dominoeffekt ein und einer nach dem anderen versprühte seine Sahne auf dem Gemenge der ineinander ver-schlungenen Körper, die sich nun gegenseitig abschleckten, damit kein Tropfen verloren ging.

***

Am nächsten Tag trieben die beiden Urlauberinnen erschöpft im Pool ihrer Finca und genossen die kühlende Wirkung des Wassers an ihren empfindlichen Stellen.

»Wie sind wir eigentlich gestern nach Hause gekommen?«, wollte Chrissy wissen.

»Keine Ahnung«, antwortete ihre Freundin, »aber heute lassen wir es mal ganz ruhig angehen.«

»Das ist eine gute Idee!«, antwortete Umberto grinsend, der gerade mit El Toro aus der Finca auf die Terrasse trat.

DER SCHARFE COMPUTERCHAT

In meinem Leben werde ich oft nur auf Oberflächlichkeiten reduziert.

Sicher, in meinem Beruf als Journalistin ist es von Vorteil, auf sein Äußeres zu achten, doch wünsche ich mir nicht selten, dass nicht meine Erscheinung, sondern die Qualität meiner Arbeit bewertet wird.

Anerkennung ist ein Motor des Lebens, doch meiner geriet stetig ins Stocken. Egal, was ich tue, nie bekomme ich das Gefühl vermittelt, auch nur annähernd auf dem Level meiner Kollegen abzuliefern. Stattdessen werde ich belächelt und bekomme nicht selten zu hören, ob ich mit meinem Körper nicht in anderen Gewerben besser aufgehoben wäre.

Ich hasse dieses Machogehabe, muss mir innerlich aber eingestehen, dass die Kerle gar nicht so unrecht haben. Mit meinen fünfundzwanzig Jahren bin ich zwar noch eine der jüngeren Kolleginnen, doch meine zierliche Gestalt lenkt häufig die Blicke anderer auf mich.

Meine langen schwarzen Haare passen perfekt zu meiner blassen Hautfarbe, die ich oft mit einem starken roten Lippenstift kontrastiere. Die Silhouette meines schlanken Körpers ist durch meine kleinen, perfekt zum Rest meiner Figur passenden Brüste geprägt. Natürlich bin ich mir auch bewusst, wie ich meine weiblichen Reize in Szene setzen kann, und verbrauche entsprechend viel Zeit und Geld, um mein Selbstbewusstsein aufzupolieren.

Leider bin ich trotz allem noch immer Single, habe aber

auch keine Ambitionen, daran so schnell etwas zu ändern, da mir der passende Gegenpart einfach noch nicht über den Weg gelaufen ist. Dabei habe ich gar keine großen Ansprüche. Ehrlich gesagt, ist die Optik für mich zweitrangig, ich möchte mich von meinem Partner einfach nur geliebt und wertgeschätzt fühlen. All das also, was mir bisher in meinem Beruf nicht entgegengebracht wurde, sollte wenigstens in meinem Privatleben Einzug halten.

Ich wollte nie der One-Night-Stand oder die Trophäe für einen Typen werden und habe daher viele Angebote von Männern abgelehnt. Der berufliche Misserfolg jedoch bringt mich zunehmend in Schwierigkeiten.

Wie bereits erwähnt, verlangt mein Lebensstil einiges an Geld. Die Briefe mit den unbezahlten Rechnungen häufen sich ungeöffnet auf dem Küchentisch und auch mit der Miete bin ich bereits zwei Monate im Rückstand.

So habe ich einen schweren Entschluss für mich gefasst. Da ich keine weitere Ausbildung vorweisen kann, soll mein Körper für frisches Kapital sorgen.

Nachdem ich mir einen Laptop sowie eine gute Webcam besorgt habe, biete ich nun an mehreren Tagen in der Woche Liveshows aus meinem umfunktionierten Schlafzimmer an.

Die User können mich dabei beobachten, wie ich reizvoll auf meinem Bett liege. Dabei beflügele ich ihre Fantasie so sehr, dass sie bereit sind, für Interaktionen mit mir hohe Summen in Form von Coins zu bezahlen.

Es steigert mein Selbstwertgefühl natürlich unglaublich, dass ich innerhalb kürzester Zeit im Ranking der Top-Darstellerinnen nach oben geklettert bin, gleichermaßen widert es mich an, die perversen Wünsche der Nutzer lesen zu müssen.

Ich beschränke meine Shows auf das Präsentieren meines Körpers. Lediglich ein kleiner Kreis von Männern, die es sich leisten können, erkauft sich das Privileg, mir bei der Selbstbefriedigung zuzusehen oder mir dafür Anweisungen zu geben.

An diesen Abenden fühle ich mich besonders unwohl, doch auf diese Weise kann ich meine Finanzen innerhalb kurzer Zeit wieder auf ein stabiles Niveau bringen.

Ich hatte zwar vor der Kamera schon einige heftige Orgasmen, doch diese beruhten ausschließlich auf körperlicher Stimulation. So wächst in mir weiter das Verlangen, erobert und geliebt zu werden. Die Nutzer der Plattform jedoch zahlen nur Geld, um ihre eigenen Bedürfnisse zu befriedigen, ich bin dabei nur Mittel zum Zweck.

***

Nach einem dieser frustrierenden Abende klicke ich versehentlich auf ein Banner, der auf einer Webseite aufploppt. Es öffnet sich ein neues Fenster, welches einem Chat nachempfunden ist. Dort meldet sich ein gewisser Chris, der selbstverständlich auch weiß, wo ich wohne.

Na, Süße, auch aus Hamburg?, fragt er mich unverfroren.

Natürlich weiß ich, dass da nicht Chris sitzt, sondern irgendeine dämliche KI auf Nutzerfang geht. Dennoch habe ich Lust, mich auf das Gespräch mit dem Computer einzulassen.

Ja, aber was geht dich das an?, schreibe ich gespielt arrogant zurück und warte gespannt auf die Antwort.

Schön, das freut mich, verrate mir noch bitte deinen Namen, ist Sekunden später zu lesen.

Lea. Kurz und knapp tippe ich den Namen ein, der mir spontan einfällt, schließlich will ich keine persönlichen Details offenbaren.

Lea, bist du bereit, mit mir eine sinnliche Reise anzutreten, die dich auf ein neues Level der Lust heben wird?, fragt mich

Chris und ich bin überrascht, wie tiefgründig seine Antwort auf meinen Namen ausfällt.

Ehrlich gesagt, zögere ich etwas, denn ich weiß natürlich, dass kein automatisierter Text menschliche Gefühle ersetzen kann, doch Chris hat meine Neugier geweckt.

Ja, doch erzähl mir vorher mehr über dich, tippe ich schnell zurück.

Lehne dich zurück und sage mir, wenn du bereit bist. Es ist wichtig, dass du dich frei machst, sonst wirst du diese Reise nicht genießen können, ist seine Antwort, ohne weiter auf meine einzugehen.

Verdammt, ja, ich bin bereit, das hatte ich doch geschrieben, aber was erwarte ich auch von so einem dummen Computer?

Ich lasse Chris etwas zappeln, doch eigentlich ist das lächerlich, hat doch so eine künstliche Intelligenz keinerlei Zeitgefühl.

Leg los, schreibe ich abermals wenig emotional zurück.

Stell dir vor, du bist auf einem Boot. Ein kleines Angelboot mit Motor. Lediglich der Fahrer, der sich in gebrochenem Englisch mit dir verständigt, kennt das Ziel deiner Reise. Er stellt sich als Diego vor und auf deine Frage, wo es hingeht, murmelt er nur irgendetwas von Flores.

Ja, das könnte mir gefallen, denke ich. Natürlich weiß ich als Journalistin, dass Flores zu den Azoren gehört, sodass sich in meinem Kopf sogleich ein Bild der schönen Landschaft öffnet. Im gleichen Moment versuche ich auch herauszufinden, wann ich das letzte Mal wirklich im Urlaub war und die Seele habe baumeln lassen, doch es ist nur eine bruchstückhafte Erinnerung von einem Städtetrip vor ein paar Jahren vorhanden.

Klingt verlockend, antworte ich Chris und bin gespannt, was wohl als Nächstes passiert.

Nachdem du mit Diego eine Weile über den Ozean geglitten bist, kannst du schon die Umrisse von Flores erkennen, doch euer Boot wird dabei immer langsamer, bis es schließlich einige Kilometer vor dem Hafen stehen bleibt.

Okay, also das klingt jetzt nicht mehr nach einer schönen Geschichte, aber sicher hat Chris auch hier einen Plottwist parat, immerhin hat er mir eine sinnliche Reise versprochen.

Was passiert dann?, frage ich ihn neugierig.

Als das Boot still steht, wirft Diego den Anker und schaut zu dir. Er sieht die Angst in deinem Gesicht und gibt dir zu verstehen, dass er per Telefon Hilfe organisieren wird. Er kramt sein Handy aus der Tasche, muss jedoch feststellen, dass der Akku, den er heute Morgen extra geladen hatte, scheinbar nicht richtig am Kabel hing. Das Handy ist leer und dir wird immer mulmiger, denn du hast erst gar kein Telefon mitgenommen, weil es dir auf dem Wasser zu unsicher erschien.

Ich merke, wie ich unruhig werde, denn obwohl ich vor meinem Rechner sitze, schafft es Chris, mich mit seiner Geschichte abzuholen.

Er wartet meine Antwort nicht ab, sondern fährt fort. **Als Diego sieht, wie du immer ängstlicher wirst, setzt er sich zu dir und nimmt dich in den Arm, um dir Trost zu spenden. Was dir zuerst befremdlich vorkommt,** hilft dir im Verlauf jedoch, deinen Pulsschlag zu normalisieren. Du fühlst dich in seinen Armen sicher, obwohl ihr kilometerweit auf dem Meer allein seid. Als du seine Umarmung erwiderst, kannst du mit deinen Fingern seinen muskulösen Rücken ertasten. Euch trennt zwar die sprachliche Barriere, doch die ehrliche Geborgenheit, welche er dir gegenüber zum Ausdruck bringt, lässt deine Ängste weiter schwinden.

Ich bin mir nicht sicher, ob ich im realen Leben auch so locker damit umgehen würde, doch aktuell gefällt mir der Gedanke ganz gut, scheint Diego doch das gewisse Fingerspitzengefühl zu haben, was meinen echten Männerkontakten bisher fehlte.

Konntest du mir bis hierhin gut folgen?, unterbricht mich der Computer in meinen Gedanken, was ich blöderweise ehrlich mit **Ja** beantworte.

Nachdem dir Diego versprochen hat, dass alles gut wird, wischt er dir eine Träne aus dem Gesicht und versucht, dir zur Aufmunterung ein wenig mehr über die vor dir liegende Insel zu erzählen. Du hörst ihm gespannt dabei zu, auch wenn du nicht alles verstehen kannst, und genießt, dass er dir seine volle Aufmerksamkeit schenkt. Immer wieder lacht ihr zusammen, wenn ihm nicht die richtigen Wörter einfallen, und das Wissen, so weit auf dem Meer allein zu sein, rückt immer mehr in den Hintergrund.

Ja, irgendwie scheint der Computer mich zu kennen. Wenn ich mich wohlfühle, kann ich mich tatsächlich in kürzester Zeit fallen lassen und auch fremden Menschen eine Chance geben.

Die Enttäuschungen der Vergangenheit machen diese Momente aber immer rarer, sodass die Geschichte von Chris eine willkommene Abwechslung ist.

Zeig mir ein Foto von Diego!, tippe ich in das Chatfenster.

Wir sind noch mitten auf deiner Reise, entspann dich, antwortet der sonst so charmante Computer schroff.

Tut mir leid, ohne ein Bild kann ich dir nicht folgen, entgegne ich schnippisch und werde mit der nachfolgenden Antwort aus meiner Traumwelt gerissen.

Bilder zu empfangen, ist nur mit einem Premiumaccount für 19,99 € monatlich möglich. Klicke hier, um dich anzumelden, erscheint auf meinem Bildschirm.

Mist, jetzt habe ich mich so weit darauf eingelassen und soll nun dafür zahlen? Irgendwie bin ich aber auch neugierig und ganz ehrlich habe ich das Geld nach den letzten Wochen Arbeit auch noch übrig, sodass ich kurzerhand zum Premiumaccount wechsele.

Ich erneuere meine Bitte nach einem Bild von Diego und erhalte es prompt.

Zu sehen ist ein recht hübscher Südländer mit gepflegten Stoppelbart, dunklen Haaren und tiefbraunen Augen. Bingo, optisch hat der Computer auch hier voll ins Schwarze getroffen.

Als langsam die Abenddämmerung eintritt, fährt Chris fort, **genießt ihr den malerischen Sonnenuntergang, der sich langsam am Himmel abzeichnet. Zwischenzeitlich ist**

euch ein Angler entgegengekommen, der mit Diego auf Portugiesisch bespricht, Hilfe zu organisieren, da er selbst nicht über die technischen Mittel verfügt. Nun heißt es also warten.

Wieder bin ich überrascht, wie ein Computer mir so eine Geschichte auftischen kann, in der ich mich so real wiederfinde. Doch bin ich auch gleichermaßen schockiert, was mit künstlicher Intelligenz alles möglich ist, obwohl ich diese Gedankenreise immer mehr genieße.

»Was denkst du, wie lang müssen wir hier noch sitzen?«, fragst du Diego und erhältst nur ein unsicheres Schulterzucken als Antwort von ihm. Es tut ihm leid, dass er dich in so eine hilflose Situation gebracht hat, was er dir immer wieder in gebrochenem Englisch zu erklären versucht. Du bist jedoch nicht sauer, denn du verlierst dich immer mehr in seinen tiefen Augen. Dass er sich so um dich sorgt, erfüllt dich mit Wärme, denn bisher warst du auf der Bühne des Lebens eher eine Nebendarstellerin, lese ich im Textfeld von Chris.

Ich bin entsetzt, denn er hat so recht. In meinem direkten Umfeld kenne ich keine Person, die sich so aufopfernd um mich kümmern würde. Welche Frau würde diese aufrichtige Aufmerksamkeit nicht genießen?

Bitte erzähl weiter, schreibe ich der KI und lehne mich zurück, um der Geschichte weiter folgen zu können.

Diego ist nicht entgangen, wie sehr du ihn mit deinen Augen musterst. Er

**schweigt eine Weile und setzt sich dann
erneut zu dir. Du wartest darauf, was
jetzt wohl kommt, als ein leises »Sor-
ry« über seine Lippen kommt. Kurz darauf
berühren sich eure Lippen und du bist
erstaunt, wie gut er küssen kann.**

Ja, irgendwie kribbelt es in mir bei dieser Vorstellung, obwohl
ich mich im realen Leben nicht so schnell erobern lassen würde. Diego ist aber offensichtlich kein oberflächlicher Mensch,
sodass ich diese Fantasie sorglos geschehen lasse.

Du erwiderst seinen Kuss, fährt Chris fort, **und
lässt seine Berührungen widerstandslos
zu. Als seine Finger langsam unter deinem roten Kleid verschwinden, bist du
überrascht, wie sanft sie dich ertasten.
Doch so einfach machst du es ihm nicht.
Deine Hände greifen nach seinen Armen
und zeigen ihm, in welchen Tempo er dich
fühlen darf.**

**Mir wird ganz warm und ich merke, wie
mein Puls schneller wird,** antworte ich Chris und
kann es kaum erwarten, wie es weitergeht.

**Du fängst an, sein offensichtlich gern
getragenes blaues Hemd aufzuknöpfen,
während eure Küsse intensiver werden.
Auch Diego bleibt nicht untätig und
streift dir gekonnt dein dünnes Kleid
vom Körper. Dass du darunter keinen
BH trägst, war ihm schon in den Stunden vorher aufgefallen, als sich deine
Brustwarzen durch den dünnen Stoff abzeichneten. Ihm stockt kurz der Atem, als**

deine perfekten Brüste enthüllt sind, und er zeigt dir, dass er sich dieses privilegierten Anblicks bewusst ist. Behutsam verschwinden deine steifen Nippel zwischen seinen Lippen, während Diegos Finger unaufhaltsam deine blasse Haut erkunden.

Stille.

Ich bin mir nicht mehr sicher, was ich fühlen und denken soll. Mir ist bewusst, dass ich gerade mit einem Computer schreibe. Dieser hat jedoch offensichtlich mehr Empathie und Menschlichkeit als alle anderen Wegbegleiter aus meiner Vergangenheit.

Wiederholt ertappe ich mich dabei, wie ich beim Lesen seiner Zeilen Gänsehaut bekomme und meine Finger immer wieder in den Schritt wandern.

Konntest du die Reise in die Tiefen deiner Fantasie bisher genießen?, fragt mich Chris, was ich mit einem ehrlich gemeinten **Ja** in seine Richtung honoriere.

Nachdem Diego deine Brüste verwöhnt hat, beugt er sich erneut zu dir, um deinen Lippen nicht das Gefühl von Vernachlässigung zu vermitteln. Während er dich sanft küsst, verschwinden zwei seiner Finger in deinem Slip und streifen sanft an deinem Kitzler entlang.

Ich zucke zusammen, denn genau in dem Moment, in dem ich seine Zeilen lese, sind auch meine Finger zwischen meinen Beinen verschwunden. Ich spüre schon die ganze Zeit, wie feucht meine Pussy ist, und kann meine Finger ohne Probleme die nassen Schamlippen entlanggleiten lassen.

**Wie warm und einfühlsam er ist, merkst
du, als er den Zeigefinger behutsam in
dich eindringen lässt. Du bist erschrocken, dass er dich so schnell erobert
hat, kannst seinen Berührungen aber kaum
widerstehen. Mit deinen Fingern klammerst
du dich an seine Schultern, während er die
Bewegungen nun mit mehreren Fingern fort-
führt. Deine glatt rasierte Möse nimmt
jeden einzelnen willig auf und honoriert
seine Bemühungen mit schmatzenden Lauten.
Wortlos gibt er dir zu verstehen, dass
er mehr von dir will. Seine Bewegungen
werden schneller. Du wehrst dich nicht,
als er dich vom letzten Stück Stoff befreit, und lässt dich fallen, als sein
Lockenschopf zwischen deinen gespreizten
Schenkeln verschwindet, um dich ausgiebig
mit der Zunge zu verwöhnen. Liebevoll
lässt er deine Schamlippen in seinem
Mund verschwinden, während seine Zunge
dir sanft die Möse ausleckt.**

Wieder Stille.

In meinen Körper brodelt es. Dieser Computer hat mich
so sehr erregt, dass ich zu einem Vibrator greife, den ich sonst
nur für meine Cam-Shows benutze.

Behutsam schiebe ich das Sextoy in meine nasse Pussy, während ich daran denke, wie mich dieser süße Portugiese leckt.
Ich lasse mich fallen und warte gespannt auf die Fortsetzung,
die nicht lange auf sich warten lässt. Ich lese weiter:

**Du merkst, wie liebevoll sich Diego
um dich kümmert, und genießt, dass sei-**

ne volle Aufmerksamkeit dir gehört. Als er einen kurzen Moment pausiert, um den kleinen Spritzer zu schlucken, der ihm aus deiner Pussy entgegenkam, nutzt du die Chance, dich aus seinem Griff zu lösen. Du rappelst dich auf, kniest nackt vor ihm und befreist ihn von seinen verbliebenen Klamotten. Als du seine Shorts nach unten streifst, federt dir sein harter Schwanz entgegen. Du bist dir zwar bewusst, dass du eine enorme Ausstrahlung auf Männer hast, dennoch freut es dich zu sehen, wie geil es Diego gemacht hat, dir die Möse zu lecken. Dein fester Griff nach seinem Ständer lässt ihn aufstöhnen. Er ist so groß, dass er mühelos deine zarte Hand ausfüllt, und die Adern, die sich auf seiner Haut abzeichnen, lassen dich erahnen, wie sein komplettes Blut offensichtlich im Schwanz verschwunden ist. Du lässt es dir nicht nehmen, ihn Stück für Stück in deinem Mund verschwinden zu lassen, und hast hörbar Mühe, deine normale Atmung beizubehalten. Diego fällt es ebenfalls schwer, bei deinen Mundküsten die Haltung zu wahren, sodass er sich deine glatten schwarzen Haare schnappt, um sich daran festzuhalten, während du seine Latte immer härter bläst.

Normalerweise bin ich der Typ Frau, die beim Sex den devoten Part einnimmt, aber irgendwie mag ich den Gedanken, den Typen so richtig zu verwöhnen.

Ich sehe am Dildo, wie das anfängliche Nass aus meiner Möse einem festen weißen Schleim gewichen ist, und passe die Geschwindigkeit der Vibration meiner wachsenden Geilheit an.

Mach weiter, bitte ich Chris und werde von seiner lyrischen Kunst nicht enttäuscht.

Diego ist nun völlig außer sich und du merkst, wie die ersten Tropfen Schweiß an seiner leicht behaarten Brust entlangrinnen. Es macht dich an, wie er nach Fassung ringt, sodass du es dir nicht nehmen lässt, genüsslich seine Eichel zu lecken, während er zitternd um Fassung ringt. Er löst sich aus deinem Griff, küsst dir liebevoll den verlorenen Speichel von den Lippen, dreht dich um und genießt nun den Anblick, wie du wartend auf allen vieren vor ihm hockst. Es kommt dir wie eine quälend lange Ewigkeit vor, bis er dir endlich seinen harten Schwanz langsam von hinten in die Möse drückt. Selten ist jemand so behutsam in dich eingedrungen, sodass dich eine Gänsehaut überrascht, als er auch den letzten Winkel deines Körpers mit seinem Schwanz ausfüllt. Lediglich die Möwen übertönen das Schmatzen deiner nassen Pussy auf dem offenen Meer, doch das stört dich nicht, weil du es genießt, wie sanft er mit dir umgeht. Seine Hände klammern sich an dein Becken, während er seine Bewegungen deinem Stöhnen anpasst.

Es fällt mir immer schwerer, mich von der Geschichte zu lösen.

Ich habe schon zwei Mal gespritzt, während ich Chris' Worte las und im Kopf der Geschichte folgte. Ich weiß schon nicht mehr, wohin mit meiner Lust und schwitze am ganzen Körper.

Wieder poppt eine Nachricht auf und reißt mich aus meiner Gedankenwelt.

Du drehst dich um und spreizt fordernd deine Schenkel vor Diego. Mit deinem Blick gibst du ihm zu verstehen, dass du dich ihm bedingungslos hingibst. Er lässt sich nicht lange auffordern und greift noch einmal prüfend mit seinen Fingern in deine Möse, bevor er sich fallen lässt und mit seinem warmen Ständer erneut deinen Körper füllt. Du greifst nach seinen muskulösen Schultern und fühlst, wie das leichte Wippen eures Bootes seine Bewegungen in dir verstärkt. Es fühlt sich für dich an, als würde seine Schwanzspitze bei dir anschlagen. Du blickst ihm dabei tief in die Augen und bist erfreut, dass auch eure Lippen dem Spiel beigetreten sind. Er küsst dich wie ein Windhauch und zeigt dir immer wieder, wie sehr er dich gerade will. Deine Gänsehaut zeigt ihm deutlich, dass er alles richtig macht.

Oh ja, das macht er, denke ich mir, doch bin ich mir sicher, dass kein Mann wirklich so liebevoll wäre. In der Regel geht es ihnen nur um das eigene Wohl und nach dem Abspritzen ist Schluss, egal ob man als Frau gekommen ist oder nicht.

Diego aber wäre anders, glaube ich. In meiner Fantasie stellt er seine eigenen Bedürfnisse zurück, um mich als Frau in den Himmel zu heben. Doch das ist wohl bloß Träumerei.

Meiner Geilheit jedoch schadet es nicht. Ich gebe mich der Vibration hin und lasse den Dildo meine feuchte Möse komplett ausfüllen, während ich weiter den Ausführungen der KI folge.

»Soll ich dir mal etwas zeigen?«, fragst du Diego in für ihn leicht verständlichem Englisch.

Er blickt dir tief in die Augen und lässt dich seine Antwort erahnen. Du gibst ihm zu verstehen, sich hinzulegen. Nachdem er deiner Aufforderung gefolgt ist, lässt du es dir nicht nehmen, noch einmal sanft seinen Schwanz mit deinem Mund zu verwöhnen. Sein Stöhnen dabei nimmst du wohlwollend zur Kenntnis, denn jetzt fühlst du dich bereit für den nächsten Schritt. Langsam nimmst du seine Latte zwischen deine Finger, setzt dich auf ihn und lässt zu seiner Überraschung den Schwanz in deinen Hintern gleiten. Diego klammert sich an dir fest, während du in deinem Rhythmus auf seinem Körper reitest. Es fühlt sich so gut an, wie sein Schwanz dich ausfüllt, was auch er dir immer wieder bestätigt. Während eine Hand deine weiche Brust berührt und deinen harten Nippel streift, nutzt er die andere, um zielsicher deinen Kitzler zu streicheln. Er weiß scheinbar genau, wie er seine Bewegungen dosieren muss, denn auch du bist dir inzwischen sicher, nicht mehr lange durchzuhalten. Gerade

als du ihm sagen willst, dass du gleich
kommst, durchfährt dich ein heftiger Orgasmus, den du in jedem Winkel deines
Körpers spürst. Diego, als hätte er es
schon vorher gespürt, hält dich dabei gut
fest, bist du dich wieder gefangen hast.
Zufrieden gibst du ihm einen Kuss und
versinkst erneut in seinen tiefen Augen.
   Und was ist mit ihm?, frage ich Chris.
   Du hast nach seinen Küssen wieder etwas Energie gesammelt, streckst deinen
Körper empor und reitest ihn weiter.
Du richtest deine Geschwindigkeit nach
seinem Atem aus und bist stolz auf dich,
ihn so unter deine Kontrolle gebracht zu
haben. Er fleht dich an, nicht aufzuhören,
was du eh nicht vorhattest, denn dafür
fühlt es sich zu gut an. Doch auch Diego
ist schon am Ende seiner Belastbarkeit.
Während du seinen Schwanz reitest, wird
er auf einmal still, greift nach deinem
Becken, zieht dich weiter nach unten und
spritzt mit lautem Aufschrei eine ordentliche Ladung Sperma in deinen Hintern.
Es überrascht dich, wie warm sein Saft
ist, doch lässt du es dir nicht nehmen
und behältst ihn wie eine Trophäe in
deinem Körper. Zufrieden schaut ihr euch
in die Augen und als du aufstehst, sieht
auch er die Sauerei, welche er bei dir
hinterlassen hat. Du hockst dich vor ihn
und lässt jeden Tropfen, den dein Kör-

per nicht halten kann, auf seinen Körper laufen.

Ich bin sprachlos. Gerade bei seinen letzten Zeilen bin ich so heftig gekommen, dass ich die Spritzer von meinem Bildschirm wischen muss.

Es fühlte sich so echt an, aus der Gedankenreise ist eine fühlbare, bildgewaltige Fantasie geworden. Ich habe mich selten so begehrt gefühlt. Gleichzeitig macht sich Enttäuschung breit, dass dies nur eine Geschichte war, erdacht von künstlicher Intelligenz.

Danke, das war eine tolle Reise, aber werden wir auch gerettet?, frage ich Chris.

Stille.

Ahnend, dass nun nichts mehr passieren wird, bin ich gerade dabei, das Fenster zu schließen, als eine weitere Nachricht mich davon abhält.

Morgen, 16 Uhr am Pier 18. Du hast vergessen, deine Webcam auszuschalten. 12

Ich bin schockiert und kann mit dieser Nachricht nichts anfangen. Ich sehe nach und tatsächlich: Ich habe wirklich vergessen, meine Webcam auszuschalten. Doch woher sollte jemand das wissen, wo dies doch nur ein generierter Chat ist?

Als ich wieder einen klaren Gedanken fassen kann, muss ich mit Entsetzen feststellen, dass das Chatfenster geschlossen wurde.

Chris hat das Gespräch verlassen und alle Inhalte sind gelöscht.

Wen soll ich am Pier treffen? Ich habe ja nichts. Keine Nummer. Kein Bild. Keinen Namen.

Die ganze Nacht kann ich nicht ruhig schlafen und ringe mit mir, was ich von diesem Erlebnis halten soll. Will ich mich wirklich von einem Computer verarschen lassen?

Fahre ich morgen zum Pier und mache mich lächerlich?

Aber andersherum – kann jemand gemein sein, der mir so eine authentische und liebevolle Geschichte erzählt?

In meiner Not versuche ich, meine Freundin Melissa zu erreichen. Die geht natürlich zu so einer Uhrzeit nicht ans Telefon, was wahrscheinlich auch besser ist. Sicherlich würde sie mich auch für verrückt erklären, wenn ich ihr von der Geschichte erzähle. Als meine beste Freundin weiß sie natürlich über alles Bescheid und es gibt nichts, worüber ich nicht mit ihr reden könnte, aber hier würde ich wohl eine Grenze überschreiten.

Es bleibt mir also nichts anderes übrig, als selbst eine Entscheidung zu treffen.

***

Da es zum Pier nicht weit ist, beschließe ich am nächsten Tag, der Sache auf den Grund zu gehen. Was auch immer mich dort erwartet, was soll schon passieren?

Rund um den Hafen ist es sehr belebt, es besteht also keinerlei Gefahr für mich.

Laut Vorhersage soll es wieder ein warmer Sommertag werden. Ich entscheide mich daher für ein knappes weißes Kleid, einen Sommerhut und einen tiefroten Lippenstift.

Der Weg zum Pier ist gut zu Fuß zu bewältigen und nach der langen Nacht mit wenig Schlaf kann ich so einen Spaziergang an der frischen Luft gut gebrauchen.

Es dauert nur wenige Minuten, bis ich den Zielort erreiche. Da es fast windstill ist, spiegeln sich die am Pier liegenden Schiffe und kleinen Fischerboote im Wasser.

Ich muss nicht lange nach der Nummer achtzehn suchen, denn es ist die einzige Anlegestelle, an der nur ein kleines Holzboot mit minimalistischer Kajüte festgemacht ist.

Doch was soll ich hier machen? Es ist niemand zu sehen und eine Klingel gibt es selbstverständlich auch nicht. Wie ich es als Journalistin gewohnt bin, konnte ich es mir natürlich auch nicht verkneifen, überpünktlich zu sein.

Als meine Uhr Punkt 16 Uhr zeigt, erschrecke ich vom Knarzen der Holztür auf dem Angelboot.

Als ich sehe, wer auf das Deck tritt, bleibt mir fast das Herz stehen. Der Typ, der auf mich zukommt, sieht aus wie Diego. Nicht nur ähnlich, sondern wie ein Klon.

Freundlich streckt er mir die Hand zu und lächelt mich an. »Lea, schön, dich zu kennenzulernen«, sagt er und sieht mich mit seinen tiefen dunklen Augen an.

Ich zögere etwas, fühlt sich das Ganze doch gerade an wie ein Traum, erwidere jedoch kurz darauf seine Begrüßung. »Diego?«, frage ich einsilbig und schockiert.

»Tut mir leid, mein richtiger Name ist Gabriel, aber ich war gestern Diego. Wenn du magst, komm rein, dann erzähle ich dir alles«, sagt er und lässt mir genug Zeit, meine Antwort zu bedenken.

Einerseits bin ich sauer, diesem Schwindel aufgesessen zu sein, doch was habe ich zu verlieren? Schließlich dachte Gabriel auch, ich wäre Lea, wo mein richtiger Name doch Sophie ist.

Ich beschließe, ihm eine Chance zu geben. Höflich hilft er mir aufs Boot und gewährt mir einen Rundumblick, bevor er mich in die Kajüte einlädt.

»Ich hab gekocht, magst du Pasta?«, fragt er mich mit leichtem Akzent und zeigt auf den mit seinen Mitteln romantisch geschmückten Tisch.

»Gibt es Menschen, die keine Pasta mögen?«, frage ich frech und nehme auf dem Stuhl Platz.

Gabriel schenkt uns beiden ein Glas Rotwein ein und serviert köstliche Spaghetti mit Frutti di Mare.

Er ist offensichtlich nicht nur ein guter Schreiberling, sondern auch ein ausgezeichneter Koch.

***

Nachdem wir beide gegessen haben, wird er kurz still. Scheinbar sucht er noch nach einer guten Einleitung für seine Geschichte.

»Ich weiß nicht, wie ich anfangen soll«, sagt er dann. »Es war letztes Jahr im Januar. Ich hatte leider meinen Job als Dolmetscher verloren und musste die Zeit irgendwie überbrücken. Da ich mir meine Wohnung nicht mehr leisten konnte, zog ich auf den Kutter, welchen ich von meinem Vater geerbt hatte. Ich sah im Netz die Anzeige dieser Firma, die einen Remote-Job im Angebot hatte. Das heißt, man kann arbeiten, von wo aus man möchte, bei freier Zeiteinteilung. Ich bewarb mich auf die Stelle und wurde auch sofort genommen. Leider merkte ich erst bei der Einarbeitung, was ich eigentlich zu tun hatte. Die Aufgabe von mir und meinen Kollegen ist es, neue Nutzer für die Plattform, auf der auch du warst, zu generieren. Als Werbepopup getarnt, schreiben wir Besucher an und versuchen, sie mit einer guten Geschichte dazu zu bringen, einen Account zu eröffnen. Die Firma verdient an den Abogebühren und am Verkauf der Nutzerdaten.

Ich schäme mich für dieses Verhalten und möchte mich aufrichtig bei dir entschuldigen, doch ich hatte keine andere Wahl, denn wir werden nur nach Provision über generierte Accounts gezahlt. Es ist mir eigentlich verboten, privaten Kontakt mit den Nutzern aufzunehmen. Da du jedoch vergessen hattest, deine Webcam auszumachen, konnte ich dir die ganze Zeit zusehen und war entsprechend motiviert, dir viel mehr zu erzählen, als ich es üblicherweise vor und nach dem Bezahlen tun würde. Ich hoffe, du kannst mir verzeihen?«

Ich muss das Ganze erst mal sacken lassen. Ich fühle mich benutzt und observiert, doch alles geschah auf eine so charmante Art, von der ich schließlich auch profitiert habe.

Nachdem ich ein paar Minuten schweigend in mich gegangen bin, sehe ich Gabriel vorwurfsvoll an. Er rechnet wohl schon mit dem Schlimmsten und hat entschuldigend den Kopf gesenkt.

»Ich verzeihe dir«, sage ich und fahre fort: »Es relativiert nicht, was diese verachtenswerte Firma macht, aber ich kann dir dafür nicht die Schuld geben. Letzte Nacht fühlte ich mich aufgehoben und begehrt. Du hast mich mit deiner Geschichte an einem Punkt abgeholt, der vorher für mich in weiter Ferne war. Dafür danke ich dir.«

Gabriels Gesicht erhellt sich. »Ich möchte, dass du den richtigen Gabriel kennenlernst«, sagt er mit schüchterner Stimme. »Ich werde mir einen anderen Job suchen und dir zeigen, dass wir zusammen die Geschichte weiterführen können.«

Mir rinnt eine Träne herunter, bin ich es doch nicht gewohnt, dass sich ein Mann so emotional vor mir öffnet und um meine Gunst bemüht.

Gabriel steht auf, tupft mit einem Tuch die Tränen aus meinem Gesicht und nimmt mich in den Arm.

Es fühlt sich an wie die Bilder in meinem Kopf letzte Nacht. Meine Hände legen sich um seine Schultern und ein Gefühl von Geborgenheit steigt in mir auf. Er hat ein weiches Parfum aufgetragen, welches zunehmend meine Sinne benebelt.

»Geht es dir besser?«, fragt er mich und ich kaufe ihm sofort ab, dass die Frage vollkommen ernst gemeint war.

»Ja, wenn du halten kannst, was du versprichst«, antworte ich und lege meinen Kopf auf seine Schulter.

Er sieht mich an und sein Gesichtsausdruck wird etwas ernster. »Versprechen kann ich es nicht, Süße, aber ich werde mein Bestes geben!«

Ich lächle verlegen.

Gabriel fährt mir durchs Haar und ich bin nicht überrascht,

als sich kurz darauf unsere Lippen treffen.

Er küsst genauso gut wie Diego in meiner Vorstellung. Ich greife nach seinem Lockenkopf und genieße die Leidenschaft, die er mir entgegenbringt.

Natürlich können wir am Tisch so nicht weitermachen und wechseln kurzerhand in seine Schlafecke.

Das Bett ist relativ klein und rustikal in Buche gehalten, bietet aber ausreichend Platz, um unserer Lust einen Hafen zu geben. Gabriel zieht mich aus und trägt mich auf das Bett.

»Schließe deine Augen!«, sagt er und ich tue wortlos, was er will.

Ich spüre eine warme Flüssigkeit über meinen Rücken laufen, die ein wenig nach Mandelmilch riecht. Dicht darauf folgen seine Hände, die sorgsam meinen Rücken und die Schultern massieren.

Nicht nur sein Name ist einem Engel entliehen, auch die Bewegungen seine Hände lassen mich wie auf einer Wolke schweben. Er sagt kein Wort und ich habe Mühe, dabei nicht abzuschweifen.

»Das tut so gut«, sage ich und habe schon fast vergessen, welche Geschichte unserem Treffen vorausgegangen ist. Ich fühle mich, als würden wir uns ewig kennen, wo es doch tatsächlich nur ein paar Stunden sind.

Aufmerksam, wie er ist, bleibt ihm nicht verborgen, wie erregt ich von seiner Massage bin. Ein Blick auf sein Bettlaken verrät ihm, dass meine Möse förmlich ausläuft.

Er dreht mich behutsam um, verschwindet mit dem Gesicht zwischen meinen Beinen, die ich bereitwillig für ihn öffne, und beginnt, sanft meine Pussy zu verwöhnen. Er weiß genau, wie er mit seiner Zunge umgehen muss, und bekommt beim Lecken einen ordentlichen Spritzer ab, den er ohne zu zögern schluckt.

Es ist mir etwas unangenehm, dass ich so sehr die Kontrolle über meinen Körper verliere, doch er ist es, der für diese Geilheit verantwortlich ist. Das relativiert mein schlechtes Gewissen wieder etwas und ich gebe mich weiter seiner Zunge hin.

»Jetzt bist du aber mal dran«, sage ich und stehe auf, um Gabriel zu verwöhnen.

Ich befreie seinen Schwanz aus der Hose und werde von einem ähnlich harten Prügel wie letzte Nacht überrascht. Anders als in unserer Geschichte übernimmt er die Führung und zeigt mir, wie ich ihn verwöhnen soll. Er packt mich fest, aber behutsam am Schopf und lässt mich seine Spitze von oben bis unten lecken. Sein Schwanz ist so riesig, dass ich Mühe habe, nicht zu würgen. Als er komplett in meinem Mund verschwunden ist, höre ich mit Genuss, wie erregt er ist. Ich gebe mich ihm völlig hin und lasse ihn bereitwillig meinen Mund vögeln, bis meine ganze Brust mit Speichel vollgelaufen ist.

»Fick mich endlich!«, sage ich zu ihm und schnappe mir seine Hand, um damit meine feuchte Möse zu streicheln.

Er lässt sich nicht lang bitten, hebt mich hoch und setzt meinen zierlichen Körper im Stand auf seinen Schwanz. Ich muss mich an seinen Schultern festhalten, denn der einzige Anker sonst ist seine Latte, die sich ihren Platz in meinem Körper sichert.

Sein Schwanz hat genau die richtige Größe und weiß, wie er mich zu nehmen hat. Sanft, hart und schön tief – das ist es, was ich will, und auch von ihm bekomme.

Wir lassen uns langsam aufs Bett gleiten, ich spreize die Beine und er führt zu meiner Überraschung seinen Ständer behutsam in meinen Hintern ein.

Ich habe das Gefühl, da geht nichts mehr, doch er findet immer noch eine Position, wie er ihn ein paar Millimeter weiter reinbohren kann. Ich greife nach dem Kissen, um seine

Stöße abzufedern, doch es hilft nicht viel, eine Gänsehaut folgt der anderen.

Alles, was er tut, ist bedacht und voller Leidenschaft. Auch wenn ich hier wieder den devoten Teil übernehme, habe ich nicht das Gefühl, benutzt zu werden, es geht eher um meine Lust. Er stopft mir nicht nur alle Löcher, er nimmt sich auch ausgiebig Zeit, meinen Körper weiter zu verführen.

Meine Brüste haben es ihm offensichtlich angetan, denn während er mir den Hintern pfählt, lässt er es sich nicht nehmen, zärtlich meine Nippel zu küssen. Ich halte es nicht mehr aus und will endlich kommen.

Schließlich lässt er von mir ab und wir wechseln die Plätze.

Nun liegt er auf dem Bett und sein Ständer ragt kerzengerade in die Luft.

Ich will ihn noch einmal in meiner Möse spüren, bevor ich komme, und setze mich langsam, aber bis zum Anschlag darauf. Gabriel stöhnt wie verrückt und ich bin mir sicher, dass wir auch draußen zu hören sind, als ich ihn zu reiten beginne.

Er greift nach meinen Brüsten und hält sie gut fest, während ich seinem Schwanz alles abverlange. Sichtlich um Fassung ringend, nähern wir uns mit jeder Bewegung dem Höhepunkt.

Sanft spüre ich seine Hand in meinem Haar, die mich langsam zu ihm herunterzieht. Ich folge der Bewegung, die in einem zärtlichen Kuss ihr Finale findet.

Er umklammert meiner Schultern und nutzt den Moment, in dem ich auf seinem Oberkörper liege, um mich noch einmal richtig hart zu nehmen.

Es fühlt sich an wie tausend kleine Nadelstiche, als wir kurz darauf beide heftig zum Orgasmus kommen.

Er lässt mich in seinen Armen sinken und genießt das Pulsieren seines Schwanzes, der noch immer heißes Sperma in meine Möse pumpt.

Der Sex mit Gabriel war göttlich und es fällt mir schwer, mich aus seinem Arm zu lösen. Ich habe jedoch das Problem, dass ich mächtig auslaufe. Mein kleines enges Loch war einfach nicht auf so eine Füllung vorbereitet. Doch ich kenne inzwischen Gabriels gute Zungenarbeit.

Ich löse mich von ihm und lasse schmatzend seinen Schwanz aus meinem Körper gleiten. Der ist ebenso wie meine Pussy voller Saft. Um nichts zu verschwenden, halte ich mit einer Hand mein Loch zu, mit der anderen führe ich seinen Schwanz zu meinem Mund und lecke ihn unter Gabriels Stöhnen penibel sauber.

Nun kommt er an die Reihe, schließlich sollen wir beide etwas davon haben. Ich setze mich auf sein Gesicht, lasse langsam die Hand von meiner Pussy gleiten und fütterte ihm den Rest seiner Ladung.

Er hat sichtlich zu tun, alles zu schlucken, doch nachdem er dies mit Bravour erledigt hat, leckt er auch noch den Rest sauber. Er weiß mit seiner Zunge so gut umzugehen, dass ich dabei noch mal komme, bevor ich mich zufrieden in seinem Arm fallen lasse.

Inzwischen habe ich die ganze Vorgeschichte für vergessen erklärt und genieße es einfach, offensichtlich den Mann meiner Träume gefunden zu haben.

Wir nutzen den Rest des Abends, um über unsere mögliche Zukunft zu reden, und schmieden Pläne, wie wir diese gemeinsam gestalten könnten.

***

Durch meine Kontakte in der Zeitungsbranche konnte ich Gabriel schnell einen neuen Job als Dolmetscher vermitteln, ich wiederum mache eine Umschulung zur Tourismusfachfrau.

Nachdem wir eine Weile hier in Hamburg verbracht hatten, konnten wir uns so zusammen selbstständig machen. Wir sind nach Portugal ausgewandert und bieten hier Tagestouren auf die einsamen Inseln an, natürlich in sicheren Booten und mit Dolmetscher.

Wir haben außerdem eine kleine Familie gegründet und schreiben zusammen an Drehbüchern für Pornos, die wir auch selbst produzieren. Bei denen geht es um die Leidenschaft der Frau, der weibliche Orgasmus wird in den Vordergrund gestellt.

Wir drehen ausschließlich mit echten Paaren und könnten inzwischen allein davon leben, sind aber unserer Liebe zu den Inseln weiter so verbunden, dass wir unseren Hauptjob noch mit Herzblut weiter betreiben.

SPRITZIGE SCHUPPENSPIELE
MIT DEM GEILEN NACHBARN

Heute musste alles etwas schneller funktionieren als sonst. Bis zum Feierabend hatte sie nur noch knapp zwei Stunden und es lagen noch drei Akten auf ihrem Schreibtisch. Sie eilte zur Kaffeemaschine und holte sich einen weiteren Espresso, öffnete ein Fenster und ließ die warme Stadtluft einströmen. Es war Mitte Juli und zu dieser Zeit war es selbst am späten Nachmittag noch brüllend heiß in Los Angeles, vor allem im dreizehnten Stock des Bürogebäudes der Anwaltskanzlei Meyer & Sons. Hier oben schien die Luft still zu stehen. Zusätzlich trug sie eine lange Stoffhose, eine Bluse und einen Blazer. Ein Outfit, das für die Arbeit mit Klienten zwar angebracht war, aber keineswegs den aktuellen Witterungsbedingungen entsprach.

Ihre Bürotür sprang auf und ein Mann Mitte fünfzig kam herein. »Maya, du musst heute unbedingt die restlichen Fälle durcharbeiten, bevor du in den Urlaub fährst. Ansonsten habe ich ein Riesenproblem – und du dann leider auch«, sagte er in ruhigem, aber bestimmendem Ton.

Maya mochte ihren Chef, aber manchmal fehlte ihm in gewissen Situationen das Feingespür. Doch sie nickte und antwortete knapp: »Ja, ich weiß. Das schaffe ich auch.«

Und sie hielt ihr Versprechen. Als sie um Punkt 18 Uhr ihr Büro verließ, war sie noch so unter Strom, dass sie ihre Erschöpfung kaum spürte. Sie stieg in ihren Wagen und hielt im Getränkeladen ein paar Straßen weiter an, um sich eine Flasche Wein für den Abend zu besorgen. John war auf Geschäftsreise und so würde sie den Abend wieder mal allein ohne ihren Mann verbringen. Er arbeitete als Abteilungsleiter in einer großen Immobilienfirma und war deshalb oft zu Auswärtsterminen verpflichtet. Trotzdem wollte sie sich zur Erholung und zur Freude ihres bevorstehenden Urlaubs selbst etwas gönnen und bei einer guten Flasche Rotwein abschalten.

Als sie in ihrem großen Haus in Montebello, einem kleinen Vorort im Osten von L. A., angekommen war, stellte sie ihren Wagen in der Garage ab. Durch einen kleinen Gang, der die Garage mit dem Hintereingang des Hauses verband, ging sie durch den Garten und bemerkte ihren Nachbarn, der dort gerade oberkörperfrei in einem seiner Beete arbeitete. Er wohnte allein in dem angrenzenden kleinen Haus und kümmerte sich akribisch um seinen großen Garten.

Sie grüßten sich freundlich und Maya erwischte sich dabei, wie sie seinen Körper etwas zu lang anstarrte. Er war durchtrainiert, gebräunt und hatte kein einziges Haar am Körper. Dafür trug er lange wellige Haare. Wenn Maya es nicht besser wüsste, hätte sie in ihm den typischen Surflehrer gesehen. Zu ihr und John war er immer sehr höflich und zuvorkommend. Allerdings ließ er Maya unter vier Augen aber auch gern mal wissen, wenn ihm etwas an ihr gefiel. Er hatte Maya schon das eine oder andere Kompliment zu ihrem Outfit oder ihrem Körper gemacht. Maya hielt sich jedoch meist nicht lange damit auf und versuchte, es nie zu hoch zu bewerten. Mittlerweile bekam sie oft Komplimente von Männern.

Das war aber nicht immer so.

Bevor Maya vor Jahren ihre Leidenschaft zum Joggen entdeckt hatte und auch sehr genau auf ihre Ernährung achtete, hatte sie zwanzig Kilo mehr gewogen. Sie war damals nicht unglücklich gewesen, doch Komplimente hatte sie damals nur äußerst selten bekommen. Und das wurde noch seltener, als sie nach L. A. gezogen waren. Die Stadt der Schönen und Reichen.

Doch nicht nur aufgrund ihrer neuen Figur war sie ein echter Blickfang. Mit ihren leuchtend grünen Augen und den langen dunkelbraunen Haaren, die perfekt zu ihren Sommersprossen passten, zog sie schnell die Aufmerksamkeit der Männer auf sich. Deshalb waren ihr Kommentare beim Joggen wie »Wow, geiler Arsch« oder »Du bist ja ein richtig heißer Feger« mittlerweile egal geworden. Teilweise konnte sie auch darüber lachen.

Auch heute konnte sich ihr Nachbar das Kompliment nicht verkneifen. »Hey, die Frisur steht dir echt gut!«

»Danke«, antwortete Maya lächelnd.

»Aber ist das, was du anhast, nicht viel zu heiß für dieses Wetter?« Er lachte und Maya sah seine weißen Zähne.

Maya gab ebenfalls lachend zurück: »Auf jeden Fall. Das wird aber gleich ausgezogen.« Sie verabschiedete sich und ging weiter in Richtung Hintertür. *Oh nein, das klang jetzt etwas zweideutig. So, als wollte ich seine Fantasie anregen,* dachte sie und ärgerte sich kurz über diese Aussage.

Als sie dann die Tür ihres Hauses erreichte, zögerte sie jedoch keine Sekunde und entledigte sich ihrer Klamotten. Sie war unendlich froh, sich endlich dem Wetter entsprechend kleiden zu können. Und das bedeutete für sie, dass Slip und BH vollkommen ausreichten. Sie legte die restlichen Klamotten auf einem Stuhl in der Küche ab, stellte die Flasche Rotwein in den Kühlschrank und holte sich ein Glas, um sich einen Martini zu mixen. Das war in den Wochen zuvor zu einer ihrer neuen ungesunden Gewohnheiten geworden. Immer dann, wenn sie einen stressigen Arbeitstag gehabt hatte, brachte sie ein Martini nach Feierabend wieder zurück in die Spur.

Sie öffnete die große Terrassentür und setzte sich mit ihrem etwas zu stark gemixten Martini auf eine Liege im Garten, um die letzten Sonnenstrahlen zu genießen. Sie nahm einen großen Schluck und genoss die Ruhe. Es war niemand da und auch ihr Nachbar schien nicht mehr draußen zu arbeiten. Auf der anderen Seite des Gartens verdeckten große Bäume die Sicht der anderen Nachbarn, daher konnte sie niemand mehr stören. Sie setzte sich ihre Sonnenbrille auf und so langsam machte sich Entspannung in ihrem Körper breit. Auch der Alkohol schien bereits seine Wirkung zu entfalten. Sie legte sich auf die Seite, öffnete den Bügel ihres BHs und ließ die Träger ein Stück ihre Arme herunterfallen, um lästige Bräunungsstreifen zu vermeiden. Als sie mit John im Frühjahr in Mexiko gewesen war, hatte sie es endlich einmal geschafft, ohne Bräunungsstreifen zurückzukehren. Der hoteleigene Strand lag in einer kleinen abgeschotteten Bucht, an der nur FKK-Baden erlaubt war. Zu Anfang war es ihr sehr unangenehm gewesen, nach kurzer Zeit hatte sie jedoch die Vorzüge von FKK-Stränden erkannt: Keine Bräunungsstreifen, jeder war gleich – ob reich oder arm – und darüber hinaus beobachtete man jede Menge interessanter Dinge, wenn man am Strand aufmerksam war. Als Maya an einem Nachmittag allein am Strand gelegen hatte, weil John im Hotel Volleyball spielte, sah sie eine Frau, die es auf einen älteren Mann hinter ihr abgesehen hatte. Immer wieder ermöglichte sie ihm beim Sonnen einen kurzen Blick auf ihre blanken Brüste und beobachtete gespannt, wie der Mann immer nervöser wurde. Als sie sich irgendwann auf ihrem Handtuch drehte und ihre Beine absichtlich in seine Richtung spreizte, konnte der Mann seine Erregung nicht mehr verbergen. Maya konnte sehen, wie der auf dem Rücken liegende Mann eine Erektion bekam und die Frau auf dem Handtuch sichtlich Spaß daran hatte, zu sehen, wie der Mann damit kämpfte. Sie grinste zufrieden, als hätte sie eine Herausforderung gemeistert. Der zuvor noch kleine Penis des etwas übergewichtigen Mannes wuchs in Rekordzeit auf eine Größe, die Maya vorher nicht erwartet hatte. Auch sie amüsierte sich darüber. Anschließend hatte der Mann sich, vermutlich unter Schmerzen, auf den Bauch gelegt, um seine Erektion zu verbergen. Im Gegensatz zu vielen anderen Frauen, die Maya kannte, hatte sie kein Problem mit solchen Dingen. Wenn es den Männern gefiel, gefiel es ihnen halt, war ihr Motto. Und hier hatte die Frau einen erheblichen Anteil an dem Ganzen gehabt …

Maya war dermaßen in ihren Gedanken abgedriftet, dass sie ihren Nachbarn nicht bemerkt hatte, der mittlerweile wieder in seinem Garten arbeitete. Er schob seine Schubkarre hin und her und Maya nahm währenddessen immer wieder seine neugierigen Blicke durch den Zaun wahr. Zuerst wollte sie aufstehen und ins Haus gehen, doch der Alkohol brachte sie dazu, etwas anderes zu tun. Sie wusste genau, dass sie ihm gefiel, und entschied sich deshalb, ihn ein wenig zu reizen, um zu sehen, ob sie mit ihm dasselbe machen könnte wie die Frau mit dem Mann am Strand. Ihre getönte Sonnenbrille half ihr dabei, ihn unauffällig zu beobachten. Er sollte denken, dass sie schlief oder zumindest die Augen geschlossen hatte. *Solange ich mich nicht viel bewege, könnte der Plan aufgehen*, dachte Maya.

Als er das nächste Mal mit der Schubkarre aus ihrem Blickfeld verschwunden war, ließ sie die Träger ihres BHs noch ein wenig weiter herunterfallen, sodass ihre Nippel sichtbar wurden. Sie winkelte ein Bein leicht an, sodass jetzt auch ein Blick auf ihren Slip möglich war.

Als ihr Nachbar zurückkehrte, schaute er wieder zu Maya hinüber, wandte seinen Blick dieses Mal aber nicht ab. Ihre Falle war offenbar zugeschnappt. Er schien immer noch davon auszugehen, sie hätte die Augen geschlossen. Er stellte seine Schubkarre hinter einem großen grünen Busch ab, ging immer wieder langsam durch den Garten und schleppte sinnlos Werkzeuge von A nach B. Maya amüsierte sich und musste sich bemühen, ihr Grinsen zurückzuhalten.

Kurze Zeit später verschwand er etwas länger hinter dem großen Busch. Maya ärgerte sich, da sie ihn jetzt nicht mehr sehen konnte. Sie fragte sich, ob er einfach wieder an die Arbeit gegangen war und sie links liegen ließ. Normalerweise wäre sie jetzt ins Haus gegangen, aber irgendein böser Gedanke in ihrem Kopf wollte es noch nicht beenden und hatte einen anderen Plan geschmiedet. Maya war nur die Marionette ihrer eigenen Gedanken, die diesen Plan ausführen sollte. Kaum war die Idee in ihrem vom Alkohol leicht vernebelten Gehirn aufgeschlagen, setzte sie sie um. Sie packte ihren Slip mit Zeige- und Ringfinger und schob ihn leicht zur Seite, sodass ein Teil ihrer Schamlippen für ihren Nachbarn zu sehen war. Ihr Herz klopfte. Schnell legte sie die Hände wieder ab, um den Schein zu wahren, sie würde schlafen. Die abendliche Sonne brannte auf ihrer Haut und leichte Schweißperlen glänzten auf ihrer weichen Haut. Mittlerweile kam allerdings noch eine andere Art von Wärme in ihr hoch. Sie war aufgeregt und nervös. *Ob er wohl anbeißt? Oder geht er einfach wieder ins Haus, weil er keinen Ärger will?*, dachte Maya.

Es dauerte nicht lange und sie bemerkte eine Bewegung auf der anderen Zaunseite. Ihr Nachbar hatte sich in eine bessere Beobachtungsposition gebracht und auch Maya konnte ihn jetzt wieder durch den Busch sehen. Durch die Blätter und Äste sah sie, wie ihr Nachbar plötzlich seine Shorts am Bund packte und langsam herunterzog. Die Hose rutschte zeitlupenartig an seinen Beinen herunter, bis sie an der Wölbung in seiner Hose vorbei war und sein bereits steifer Penis heraussprang.

Maya riss schockiert die Augen unter ihrer Sonnenbrille auf. *Oh mein Gott, was mache ich jetzt?*, dachte sie. Sie konnte keinen klaren Gedanken fassen. Sekunde um Sekunde verging und Maya sah, dass ihr Nachbar seinen Penis mittlerweile mit der rechten Hand fest umgriffen hatte und anfing, sich einen runterzuholen. Maya konnte allerdings auch nicht wegsehen und spürte, wie der Anblick des nackten Mannes auf der anderen Zaunseite sie erregte und gleichzeitig schockierte. Sie rang mit ihren Gefühlen, redete sich dann aber ein, dass es nun sowieso zu spät wäre aufzustehen. *Das würde die Situation nur noch verschlimmern, wenn er weiß, dass ich nur mit ihm gespielt habe*, dachte sie. Sie spürte, wie ihre Erregung mittlerweile zwischen ihren Beinen angekommen war. Ihr wurde auf einmal noch um ein Vielfaches heißer, als ihr zuvor von der Sonne gewesen war.

Je länger sie ihrem Nachbarn bei seiner Befriedung zusah, desto heißer wurde ihr und sie begann, alles um sich herum zu vergessen. Maya konnte sehen, wie seine Handbewegungen immer schneller und schneller wurden. Sie hatte bei ihrem Spielchen zu keiner Sekunde daran gedacht, dass es überhaupt so weit gehen würde, und noch weniger, dass er eventuell zu einem Orgasmus käme. Sie hätte nicht gedacht, dass er bis ans Äußerste gehen würde, und glaubte auch immer noch nicht daran. Ihre innere Stimme schrie sie an, dass es falsch sei, noch länger die Ahnungslose zu spielen, und eigentlich hätte es diesen Hinweis gar nicht gebraucht, denn sie hatte es von Anfang an gewusst. Dennoch blieb sie sitzen und hoffte, dass ihr Gewissen für einen Moment wegschaute.

Plötzlich erreichten die Handbewegungen ihres Nachbarn das Maximum. Er schob sein Becken vor und Maya konnte sehen, wie eine Ladung Sperma aus seinem Penis schoss. Einige weitere Male spritzte es in kurzen Abständen aus ihm heraus. Maya war fasziniert und konnte keine Sekunde wegsehen. Wow, war das weit! Er hatte es fast geschafft, auf ihrem Grundstück zu landen. *Wie es sich wohl angefühlt hätte, wenn ich direkt vor ihm gekniet hätte …* Der Gedanke schlich sich wie ein giftiger Pfeil in ihr Gehirn und sie versuchte, ihn genauso schnell wieder abzuschütteln.

Kaum hatte ihr Gedankenkarussell sich zu drehen begonnen, konnte sie sehen, wie ihr Nachbar seine Shorts in Lichtgeschwindigkeit über seinen noch halb steifen Penis zog und in Richtung Haus verschwand. Das war ihr Zeichen, sich jetzt auch schnellstmöglich ins Haus zu begeben.

Maya wurde blitzartig von einem schlechten Gewissen überwältigt und wusste, dass es falsch und unheimlich schräg gewesen war, trotzdem hatte sie weitergemacht. Auf irgendeine Art und Weise hatte es ihr sogar Spaß gemacht. Es war aufregend gewesen und nach den letzten Wochen endlich mal wieder eine Spur von Ablenkung. Der Stress bei der Arbeit und die vielen Auswärtstermine ihres Mannes halfen ihrem stockenden Sexleben nicht gerade.

Dabei hatte es noch vor nicht allzu langer Zeit ganz anders ausgesehen. John hatte viele aufregende Ideen und überraschte sie des Öfteren mit wilden Rollenspielen oder Sexspielzeugen. Maya fühlte sich in seiner Gegenwart einfach so wohl, dass sie fast alles mitgemacht hätte. Es war ihr alles lieber, als gar keinen Sex zu haben. Dieser Gedanke spülte eine große Menge Traurigkeit mit und Maya wurde bewusst, wie sehr sie John und ihre Abenteuer vermisste. Seine starken Arme, seinen Humor und vor allem seine Nähe. Sie wünschte sich, er wäre da, würde sie auf die Tischplatte haben und sie hätten direkt in der Küche wilden Sex.

Ihre Gedanken wurden zunehmend bestimmt von Schuldgefühlen, gepaart mit versauten Sexvorstellungen. Sie versuchte, sie direkt abzuwürgen, indem sie sich dazu entschied, dem Vorfall von draußen keine zu hohe Bedeutung zukommen zu lassen und sich ihr Lieblingsessen zu kochen. Spaghetti Bolognese.

***

Nachdem Maya gegessen hatte, zündete sie im Wohnzimmer ein paar Kerzen an und öffnete die Flasche Rotwein aus dem Getränkemarkt. Sie tauschte ihren BH gegen ein weißes Top und machte es sich auf dem Sofa bequem. Sie zappte durch die Top Ten der neuen Filme und entschied sich für eine romantische Komödie. Nachdem Maya während der ersten vierzig Minuten des Films bereits drei Viertel der Flasche leer getrunken hatte, schlief sie ein.

Als sie einige Stunden später erwachte, war es in ihrem Wohnzimmer dunkel. Maya spürte sich anbahnende Kopfschmerzen und fühlte sich, als hätte sie mindestens zwanzig Stunden geschlafen. Die Teelichter hatten längst ihren Geist aufgegeben und waren komplett heruntergebrannt. Die einzige Lichtquelle im Raum war der Fernseher. Maya kniff die Augen zusammen bei dem Versuch, sich an die Helligkeit zu gewöhnen. Ihr Blick war verschwommen und es dauerte etwas, bis sich ihre Augen erholt hatten. Erst jetzt konnte sie die Bilder im Fernsehen richtig wahrnehmen. Es war eine unbekleidete ältere Frau in einem Schwimmbad zu sehen, in dem sie fast komplett allein war. Die Frau zog ihre Bahnen in einem riesigen Schwimmbecken, während am Beckenrand zwei junge Männer auf einer Liege lagen und ihr zusahen. Auf den ersten Blick wirkte es auf Maya, als wären die beiden Männer ein

Paar. Ihre Liegen standen nah beieinander und es sah aus, als hätte der eine seine Hand unter dem Handtuch des anderen, welches um seine Hüfte gebunden war. Maya wunderte sich über die merkwürdige Art des Films und über die unkonventionelle Kameraführung. Es wurde weder gesprochen noch gab es irgendeine Art von Musik im Hintergrund, nur die Geräuschkulisse eines normalen Schwimmbads. Als sie sich gerade auf die Suche nach der Fernbedienung begeben wollte, um den Namen des Films zu prüfen, wurde sie auf einmal von einer plötzlichen Dunkelheit überrascht. Die Szene und damit auch der Drehort des Films änderte sich durch ein dunkles Schnittbild. Als das Bild wieder erhellte, war eine kleine Sauna zu erkennen. Wenige Augenblicke später trat die ältere Frau aus dem Schwimmbecken ein. Sie machte es sich auf der untersten Stufe bequem und Maya war überrascht, wie attraktiv ihr Körper trotz ihres fortgeschrittenen Alters war. Er war kurvig, aber jede Rundung war genau da, wo sie hingehörte.

Die Frau legte das Handtuch ab und brachte zwei große, natürlich aussehende Brüste mit steifen Nippeln zum Vorschein. Sie legte das Handtuch unter ihren Po und lehnte sich mit angewinkelten Beinen zurück. Die Kameraperspektive änderte sich ein weiteres Mal und zeigte eine Nahaufnahme ihres Intimbereichs. Trotz der eng angelegten Beine erkannte Maya ihre Schamlippen und darüber eine leichte Behaarung in Form eines schmalen Streifens. Maya war überrascht, dass der Film ziemlich detaillierte Aufnahmen zeigte. Und dass sie der Anblick erregte.

Maya suchte erneut nach der Fernbedienung, wurde aber wieder von einem Schnitt – und damit einer neuen Szene – überrascht. Die Tür der Sauna ging ein weiteres Mal auf und die beiden Männer vom Beckenrand traten ein und grüßten die Frau freundlich. Maya konnte sich nicht erklären, auf welches

Programm sie da scheinbar unbewusst geschaltet hatte. Ihre Handyuhr zeigte 00:25 Uhr an. Zu dieser Zeit gab es häufig im TV nicht jugendfreie Inhalte, dachte Maya, aber so etwas war ihr noch nie aufgefallen. Sie sah außerdem, dass John ihr eine Nachricht geschickt hatte. Es war ein Bild von ihm in Boxershorts und Maya musste nicht zweimal hinsehen, um zu bemerken, dass sein Penis hart war. Über das Bild hatte er geschrieben: **Morgen bin ich zurück und du darfst dich auf eine Überraschung freuen**. Maya schmunzelte und ihre Erregung steigerte sich durch das Bild. In dem Moment wäre sie gern bei ihm gewesen, um ihm die Boxershorts vom Leib zu reißen. Umso mehr freute sie sich auf den bevorstehenden Kurztrip mit ihm.

Als sie wieder zum Fernseher schaute, hatten es sich die Männer gerade auf der anderen Seite der Sauna bequem gemacht. Beide öffneten ihr Handtuch, welches sie um die Hüfte gebunden hatten, und entblößten ihren Intimbereich. Mayas Augen weiteten sich vor Entsetzen. War das etwa ein richtiger Porno? Maya wusste nicht, seit wann so etwas im Fernsehen gezeigt wurde, und wunderte sich noch mehr, als dann eine Nahaufnahme der beiden folgte. Der größere Mann war mindestens einen Meter fünfundachtzig groß und hatte einen riesigen Penis. Er war schon im nicht erigierten Zustand riesig und baumelte von der Bank herab. Der andere Mann war deutlich kleiner und auch sein Penis schien im Vergleich zu dem seines Freundes winzig. Sein Penis glänzte im Licht der Sauna und war für Maya tatsächlich der attraktivere Penis. Sie fragte sich, ob er nur so klein wirkte aufgrund der Größe des anderen oder ob er wirklich klein war.

Dann wurde die Frau wieder gezeigt. Sie öffnete langsam ihre Schenkel und die beiden Männer sahen, wie sich ihre Schamlippen leicht öffneten. Es dauerte keine Sekunde und der Anblick zeigte dreifache Wirkung. Die beiden Männer bekamen blitzartig eine Erektion, als wäre es ein Wettrennen zwischen den beiden, und auch Maya spürte, wie sie feucht zwischen den Beinen wurde.

Zuerst hatte der kleinere Penis seine maximale Größe erreicht und stand so kerzengerade, dass er mit der Penisspitze den Bauch berührte. Nur kurze Zeit später folgte auch der große Penis, dieser stand allerdings aufgrund seiner Größe nicht ganz so steif aufrecht.

Maya konnte keine Sekunde wegsehen. Für sie war es auf der einen Seite unheimlich erregend, auf der anderen Seite wie eine Lehrstunde. Während sie die beiden nackten Männer anschaute und ihre unterschiedlich großen Penisse miteinander verglich, fiel ihr auf einmal auf, dass John und ihr Nachbar im Gegensatz zu diesen beiden Männern einen sehr ähnlichen Penis hatten. Beide waren unbeschnitten, in etwa gleich groß und hatten eine ähnliche leicht gebogene Form. Bei diesem Gedanken wurde ihr noch um einiges wärmer und sie hatte das Gefühl, jemand hätte einen Heizstrahler neben ihr aufgestellt. Nachdem Maya nur einige Stunden zuvor ihren Nachbarn auf ähnliche Weise heißgemacht hatte, wusste sie, wo der Reiz bei dieser Frau lag, und dennoch war sie sich sicher, dass sie sich so etwas niemals trauen würde.

Die Frau in dem Film hatte ganz offensichtlich genau das bekommen, was sie wollte, und setzte sich auf die Stufe unterhalb der beiden Männer. Sie wartete nicht lange, griff direkt nach dem großen Penis und fing an, dem Mann einen runterzuholen. Wie gemein. *Der arme andere Mann*, dachte Maya und grinste dabei. Als hätte die Frau es gehört, nahm sie jetzt auch den anderen Penis in die Hand und befriedigte ihn anschließend ebenfalls mit dem Mund. Mittlerweile war es Maya egal, wo und warum dieser Film lief. Sie war schon so erregt, dass sie mit ihrem Finger über ihren Slip streichelte. Der größere Mann stand nach kurzer Zeit auf und kletterte nach ganz unten, wo er sich hinter die Frau stellte. Der andere Mann blieb auf der obersten Stufe sitzen und genoss die Liebkosungen der Frau. Es dauerte nicht lange, bis der Mann hinter ihr langsam in sie eindrang und anfing zuzustoßen. Erst ganz sanft und dann immer heftiger. Die Frau stöhnte laut und Maya spürte, wie ihre Erregung wie ein Stromschlag durch ihren Körper fuhr. Sie griff nach dem Bund ihres Strings und zog ihn, so schnell sie konnte, über ihre Knie und Füße, danach zog sie auch ihr weißes Top aus. Sie fing an, wild an ihrem Kitzler zu reiben, und packte sich mit der anderen Hand an die Brust. Sie stellte sich vor, die Frau zwischen den beiden Männern zu sein. In ihrer Vorstellung war John der eine und ihr Nachbar der andere Mann. Sie dachte wieder an den Moment, als er sie beobachtet und sich einen runtergeholt hatte. Daran, wie er anschließend gekommen war und sein Sperma herausschoss. Der Gedanke daran machte sie noch wilder und sie masturbierte schneller.

Ihre Finger waren mittlerweile so nass, als hätte sie sie in ein Glas Wasser gehalten. Immer wieder ließ sie Mittel- und Zeigefinger in sich hineingleiten, während die andere Hand ihren Kitzler rieb. Ihr Atem wurde immer flacher und kürzer. Als sie kurz vor dem Orgasmus stand, sah sie, wie die Frau sich nun vor die beiden stehenden Männer hockte und die beiden abwechselnd mit ihrem Mund befriedigte. Die Frau hatte sichtlich Spaß daran und grinste immer wieder, wenn sie die zufriedenen Blicke der beiden Männer sah und hörte, wie ihr Stöhnen lauter wurde. Alle drei waren sichtlich außer Atem und schwitzten.

Die Frau war so gut in dem, was sie tat, dass es keine zehn Sekunden mehr dauerte, bis der Mann mit dem großen Penis zum Orgasmus kam. Sein Sperma spritzte in kurzen Abständen auf die Brüste der Frau und nur kurze Zeit später kam auch der andere Mann. Sein Penis hatte offensichtlich mehr Kraft und sein Sperma schoss in hohem Bogen bis zum Penis des anderen Mannes. Es tropfte direkt von seiner Penisspitze herunter, während eine zweite Ladung ebenfalls die Brüste der Frau traf. Dieser schien es unheimlich zu gefallen. Sie lachte laut und beobachtete die beiden Männer dabei, die ebenfalls amüsiert darüber waren.

Auch Maya hatte das Finale des Films den Rest gegeben. In ihr explodierte es und sie hatte einen intensiven Orgasmus, den sie herausschrie. Nachdem sie lange keinen Orgasmus mehr erlebt hatte, war dieser umso intensiver. Sie zitterte am ganzen Körper, während sie ihre Handbewegungen immer weiter verlangsamte. Auch sie war völlig außer Atem und spürte, wie der Orgasmus einen Teil des angestauten Stresses in ihr löste. Sie grinste und freute sich in dem Moment umso mehr, John am nächsten Tag endlich wiederzusehen.

Als Maya anschließend endlich die Fernbedienung fand und den Fernseher ausstellen wollte, wurde dieser kurz schwarz und blendete einen Text in der linken oberen Ecke ein: *Verbindung zu iPhone14_6901 wurde getrennt.*

Ihr Handy lag immer noch an derselben Stelle auf dem Sofa wie zuvor und konnte sich daher nicht mit dem Fernseher verbunden haben. Zudem besaß sie kein iPhone 14, sondern ein älteres Modell. Sie konnte sich keinen Reim auf die Nachricht in ihrem Fernseher machen, egal wie sehr sie es versuchte. Allerdings hatte sie in dem Moment auch absolut keine Gehirnkapazitäten mehr frei, um in Ruhe darüber nachzudenken. Sie war angetrunken, müde und erschöpft. Zudem war sie, was Technik betraf, meistens sowieso nur Zuschauerin und überließ John das Denken. Es genügte ihr, zu wissen, wie sie die Apps der Streamingdienste auf ihrem Fernseher startete. Also schaltete sie den Fernseher ab und schlich durch den Hausflur die Treppe hinauf. Die Treppenbeleuchtung vereinfachte ihr den Weg durchs Dunkle nach oben. Als sie im Schlafzimmer angekommen war, fiel sie nackt ins Bett und schlief innerhalb weniger Sekunden ein.

***

Als sie am nächsten Morgen aufwachte, war es bereits halb zwölf. Dröhnende Kopfschmerzen quälten sie unmittelbar nach dem Aufstehen und am liebsten wäre sie den ganzen Tag im Bett geblieben. Doch trotz ihres Urlaubs war ihr Terminkalender prall gefüllt. Einkaufen, Koffer packen, Johns Rückkehr inklusive Überraschung und vorher noch ihre Verabredung mit Gabriela, bis zu der sie nur noch knapp eine Stunde Zeit hatte. Die beiden hatten sich vor fünf Jahren kennengelernt, kurz nachdem Maya und John nach L. A. gezogen waren. Maya hatte sich geschworen, direkt nach dem Umzug einen Yogakurs zu belegen. Zum einen, da sie Yoga schon immer lernen wollte, zum anderen erhoffte sie sich dadurch, ein paar neue Freunde zu finden. Und mit Gabriela war ihr das auch gelungen. Die beiden nannten sich beste Freundinnen und surften einfach auf derselben Wellenlänge. Gabriela war ein Jahr älter als Maya und kam gebürtig aus Ecuador. Sie hatte dunkles, leicht gewelltes Haar und ein Bullenpiercing in der Nase, das sie im Zusammenspiel mit ihren verhältnismäßig großen Brüsten unheimlich attraktiv machte. Maya beneidete sie für ihre großen Brüste. Ihre waren zwar nicht klein, aber mit Gabriela konnte sie nicht mithalten. Nicht wenige Männer suchten genau deshalb das Gespräch mit ihr. Sie ließ sich zwar auch immer wieder mal auf kleinere Flirts ein, ging aber nie einen Schritt weiter. Sie war ebenfalls verheiratet und sehr glücklich mit Sam. Er arbeitete als Bauleiter ganz in der Nähe und war dementsprechend so gut wie jeden Abend zu Hause. Etwas, das Maya sehr vermisste.

Nachdem sie sich in Lichtgeschwindigkeit geduscht, geschminkt und gestylt hatte, stand sie verwundert in der Garage. Zum einen war das Garagentor bereits geöffnet, zum anderen klemmte unter ihrem Scheibenwischer ein kleiner Zettel. *Habe ich gestern Abend vergessen, das Tor zu schließen?*, dachte Maya, während sie den Zettel auffaltete. Darin war eine handschriftliche Notiz von John. *Hey, Schatz, ich bin schon wieder in der Stadt, muss aber noch kurz ins Büro. Ich wollte dich nicht wecken. Geh heute Abend um Punkt 19 Uhr in den Geräteschuppen und halte Ausschau nach deinem Geschenk.* Es war ein Zwinker-Smiley und ein Herz-Emoji angefügt und spätestens jetzt hatte Maya keinen Zweifel mehr daran, dass es sich um etwas Versautes handeln musste. Sie überlegte für einen Moment, direkt in den Geräteschuppen zu gehen, um nachzusehen, was es mit der Überraschung auf sich hatte, entschied sich aber dafür, sich überraschen zu lassen.

Mit unbändiger Vorfreude und einem Kribbeln in diversen Körperregionen stieg sie ins Auto und schaffte es gerade noch pünktlich zu ihrem Treffen mit Gabriela.

Nach ihrer Ankunft an dem großen Haus in Palm Springs wurde sie beim Aussteigen aus ihrem Wagen von einer erdrückenden Hitze überwältigt. Palm Springs lag nicht weit vom Death Valley entfernt und das wüstenartige Klima war hier bereits zu spüren. Ihr lief eine Schweißperle über die Schläfe, als sie die Klingel betätigte, und sie wünschte sich nichts mehr, als dass Gabriela oder Sam ganz schnell die Tür öffnen würden.

Als nach einiger Zeit niemand kam, versuchte sie es über den Hintereingang. Dort war die Tür nur angelehnt. Nach kurzer Überlegung entschied sie sich, die Tür zu öffnen und das Haus zu betreten. Ihr Wunsch nach Abkühlung übertrumpfte das schlechte Gewissen, einfach ungebeten ins Haus zu gehen. Deshalb rief sie gleich im Hausflur nach Gabriela, um sich bemerkbar zu machen. Sie hörte hektisches Geraschel aus dem Schlafzimmer. Maya zuckte vor Schreck zusammen und wollte sich gerade wieder umdrehen, um ins Wohnzimmer zu gehen, als Gabriela die Tür des Schlafzimmers öffnete. Sie wirkte sichtlich überrascht. Ihre Haare waren zerzaust und sie trug nur einen Slip und ein großes Hemd, welches sie sich beim Rauskommen noch schnell zuzuknöpfen versuchte. Damit war sie jedoch nicht schnell genug, sodass Maya unbeabsichtigt ihre großen Brüste sah, die bei jedem Schritt freudig auf und ab hüpften. Sie konnte eins und eins zusammenzählen und wusste, was Gabriela und Sam gerade noch gemacht hatten.

Als Gabriela bemerkte, dass Maya sie enttarnt hatte, lachte sie jedoch nur laut auf und sagte: »Jetzt schau nicht so schockiert, so was darf man auch mal tagsüber machen! Ich geh schnell ins Bad und mache mich fertig.«

Maya lachte unbeholfen und wünschte sich, dass es auch zwischen ihr und John wieder so wild werden würde. Früher hatte er sie oft überrascht oder mit ihr neue Dinge im Schlafzimmer ausprobiert. So hatte er sie schon des Öfteren ans Bett gefesselt oder verrückte Rollenspiele mit ihr gemacht. Sie hoffte sehr auf einen Neustart und auf weitere Abenteuer wie diese, sobald John wieder zu Hause war.

Ein kleiner Lichtstrahl holte Maya aus ihren Gedanken zurück. Er kam direkt aus dem Schlafzimmer und Maya bemerkte, dass Gabriela die Tür nicht richtig geschlossen hatte. Maya ging, ohne zu überlegen, langsam Richtung Tür und tat so, als würde sie sich die Bilder an der Wand ansehen. Dabei lugte sie ins Schlafzimmer und traute ihren Augen nicht. Sie konnte sehen, wie Sam komplett nackt mit einem Halbsteifen auf dem Bett lag. Sie konnte nur einen Teil seines Oberkörpers bis zu den Oberschenkeln sehen. Sam hatte im Vergleich zu John einen wesentlich dickeren Bauch und einen kleineren Penis.

Maya hatte allerdings von dort, wo sie stand, kein Problem zu erkennen, dass er noch von einem Rest seines Spermas bedeckt war. Sam machte allerdings keine Anstalten aufzustehen oder in die Dusche zu gehen. Stattdessen streichelte er seelenruhig seinen Penis, bis er nach kurzer Zeit wieder aufrecht stand.

Das ging ja schnell. Sieht aus, als ob er schon eine zweite Runde starten könnte. Maya war beeindruckt. So etwas kannte sie von John nicht. Wenn er gekommen war, brauchte er seine Ruhe und Maya ging meistens leer aus. Sie biss sich auf die Lippe. Sie versuchte, sich und ihre Gedanken zu zügeln und damit aufzuhören, solche Dinge über den Mann ihrer besten Freundin zu denken.

Sie hätte gern noch ein wenig länger geguckt, um zu sehen, wie es weiterging, hörte aber auf ihre Vernunft und entfernte sich von der Schlafzimmertür, um auf Gabriela zu warten.

Zu ihrem Glück dauerte es keine weitere Minute, bis sie kam.

Gabriela war eine sehr lockere und offene Frau. Sie hatte keinerlei Probleme damit, über ihr Sexleben zu sprechen, und es störte sie auch nicht wirklich, dass sich andere Frauen an ihren Mann ranmachten. Deshalb war es ihr auch nicht unangenehm, dass Maya die beiden quasi erwischt hatte.

Die beiden setzten sich an den Wohnzimmertisch und tranken Sekt. Nachdem sie über Themen wie Arbeit, Hobby und Tratsch aus dem Yogakurs gesprochen hatten, erzählte Maya ihr von ihrem Erlebnis mit dem Nachbarn und die beiden führten ein ausführliches Gespräch, welches – wohl auch dem Alkohol geschuldet – immer mehr in sexuelle Fantasien abdriftete.

Gabriela war spürbar aufgeregt und erregt, als Maya ihr von Johns Überraschung am Abend erzählte. Sie warf die wildesten Vermutungen in den Raum. »Ich wette, er machts dir heute Abend anal. Nein, warte! Ich glaube, er bringt seine

Arbeitskollegen für einen Gangbang mit. Oder er will, dass du es ihm anal besorgst.«

Maya schaute Gabriela für eine Sekunde an, ohne eine Miene zu verziehen. Dann lachten sie so laut, dass Sam irgendwann auftauchte und fragte, ob alles okay sei.

Gabriela drehte sich zu ihm um. »Würdest du dir von mir etwas reinschieben lassen, wenn ich dich ganz nett bitten würde?«

Sams Augen weiteten sich. »Bitte was?!«

Wieder fingen beide an zu lachen, bis sie Bauchschmerzen bekamen.

»Ihr seid ja albern«, sagte Sam lachend und verließ den Raum.

***

Gegen 17 Uhr und nach diversen weiteren Lachausbrüchen verabschiedete sich Maya. Die beiden Freundinnen umarmten sich herzlich und Gabriela zwinkerte ihr zu. »Dann viel Spaß heute Abend beim Reinschieben!«

»Du Perversling«, antwortete Maya grinsend und machte sich auf den Weg zum Supermarkt.

Nach einer gefühlten Ewigkeit an der Kasse war sie unheimlich froh, endlich nach Hause fahren zu dürfen. Mittlerweile war es auch schon 18.15 Uhr und sie hatte nur noch eine Dreiviertelstunde Zeit, bis John kam. Ihre Aufregung stieg von Minute zu Minute und in ihrer Bauchgegend fühlte es sich an, als würden Dutzende kleiner Ameisen darin laufen.

Die tief stehende Sonne über Los Angeles flutete den Eingangsbereich ihres Hauses und Maya räumte den Einkauf aus dem Wagen. Während sie mit einem Korb zwischen Auto und Haus pendelte, fiel ihr auf, dass kein Mensch draußen war. Die Straße in ihrer Nachbarschaft war wie leer gefegt. Links und rechts am Straßenrand türmten sich hohe Palmen auf, denen die Sonne und die Hitze im Gegensatz zu den Menschen nichts ausmachte.

Nachdem die Einkäufe eingeräumt waren, schminkte sie sich erneut und zog sich etwas Aufreizendes an, um für John heiß auszusehen. Sie entschied sich für ein enges Oberteil mit einem tiefen Ausschnitt, keinen BH und einen Rock, samt Strapsen. Maya machte sich einen strammen Zopf, der sie dominant erscheinen ließ, denn sie wusste, dass John es liebte, wenn sie so aussah.

Die letzten Minuten verstrichen und Maya hatte das Gefühl, vor Aufregung zu explodieren.

Als ihr Handy 19 Uhr anzeigte, ging Maya die Treppe hinunter zum Hinterausgang. Noch war alles ruhig und außer dem Zirpen einer Grille war kein Geräusch zu hören. Gespannt ging sie in Richtung Schuppen und blieb vor der Tür stehen. Der schmale Geräteschuppen am Ende des Grundstücks bestand aus dünnem Eichenholz und war penibel aufgeräumt. Darauf legte John großen Wert. Dahinter begann direkt der Wald und die rechte Wand des Schuppens grenzte unmittelbar an das Grundstück des Nachbarn.

Mayas Herzschlag war auf dem Höhepunkt angekommen. Sie atmete dreimal tief ein, öffnete die Tür und schaltete das Licht ein. An der Decke hing lediglich eine kleine Glühbirne, die nur wenig Licht spendete. Gerade genug, um die Geräte und Werkzeuge zu erkennen. Im Schuppen war alles so, wie es immer war, bis auf einen kleinen Zettel, der an der Wand hing. Maya schloss die Tür und ging zu der Wand mit dem Zettel. Als sie diesen in die Hand nahm und las, wuchs ihre Erregung um ein Vielfaches: *Endlich bist du da. Wenn du das Loch in der Wand findest, klopfe drei Mal.*

Sie wusste nicht genau, was es damit auf sich hatte, aber genau das war es, was sie so erregte. Sie inspizierte jede Ecke des schmalen Schuppens und auf einmal bemerkte sie auf der Zaunseite ein kleines Loch in der Wand auf Höhe ihrer Hüfte. Ihre Augen begannen zu funkeln. Langsam näherte sie sich dem Loch und bückte sich, um hindurchsehen zu können. Alles schwarz, sie konnte nichts erkennen. Irgendwas musste vor dem Loch hängen. Maya befolgte die Anweisung auf dem Zettel und klopfte gegen die Wand. Eins. Zwei. Drei. Nichts.

Als sie ihre Aufmerksamkeit gerade wieder von dem Loch abwenden wollte, hörte sie ein Rascheln auf der anderen Seite der Wand. Sie erstarrte, als dann ein metallisches Klingen ertönte.

Keine zehn Sekunden später wusste sie, was es mit dem Loch auf sich hatte. Jemand hatte seine Gürtelschnalle geöffnet und seine Hose ausgezogen. Denn nur wenige Sekunden nach dem metallischen Klingen schob jemand langsam seinen Penis durch das Loch. Sie war sich sofort sicher, dass nur John auf so eine Idee kommen konnte.

»Hey!«, hörte sie jemanden von der anderen Seite der Wand flüstern.

Fröhlich antwortete sie: »Hey, Schatz, endlich bist du wieder da. Damit hatte ich nicht gerechnet. Seit wann bist du …?«.

Sie wurde von einem leisen »Psst« unterbrochen und Maya wusste, was das bedeuten sollte. In diesem Spiel sollte es nicht darum gehen, sich zu unterhalten, sondern um die Rückkehr zu einem wilden Sexleben. Maya grinste und kniete sich vor das Loch. Sie begutachtete den Penis für einen Moment und fing an, ihn zu streicheln. Sie sah gespannt zu, wie er sich langsam aufrichtete, und küsste ihn sanft an der Spitze. Das Tempo, in dem er sich aufrichtete, beschleunigte sich dadurch und noch bevor er das Maximum an Erregung erreicht hatte, umschloss Maya ihn mit ihren Lippen.

Sie konnte ihre Erregung nicht länger im Zaum halten. Sie spürte, wie er in ihrem Mund noch größer wurde, und hörte ein leises Stöhnen von draußen. Immer wieder glitt sie mit ihren Lippen auf und ab und genoss dabei das warme Gefühl in ihrem Mund. Das letzte Mal, dass die beiden sich so nah gekommen waren, war bereits über ein halbes Jahr her und diese lange Zeit sorgte dafür, dass sie regelrecht von ihm angezogen wurde. Ihre Bewegungen wurden immer schneller und sie nahm ihre Hände mit dazu.

Maya war mit ihren Gedanken komplett in dem Moment gefangen und überhörte so das Rascheln auf der gegenüberliegenden Seite des Schuppens. Erst als sie die Worte »Hey, Darling, wie ich höre, bist du schon da«, hörte, registrierte sie Johns Stimme draußen auf der anderen Seite des Schuppens. Sie erschreckte sich so sehr, dass ihr Kopf nach vorn flog und sie den Penis dabei tief in den Hals bekam.

Sie stand auf und hustete lautstark, bevor John sie fragte, ob alles okay sei. Sie antworte: »Hey, ähm, ja, alles in Ordnung. Äh, schön, dass du schon zurück bist!«

»Ja, ich freue mich auch. Bist du bereit für die Überraschung?«, fragte John.

Maya wusste nicht, was sie antworten sollte. Sie dachte, sie hätte die Überraschung schon längst erhalten. Ihre Gedanken wurden unterbrochen, als sie bemerkte, dass der Penis wieder aus dem Loch verschwunden war. Sie verstand überhaupt nichts, wusste nur, dass der Penis in der Wand nicht zu John gehörte.

Noch während sie dabei war, ihre Gedanken zu sortieren, sah sie etwas, das ihr vorher nicht aufgefallen war. Auf der gegenüberliegenden Seite der Wand, dort, wo Johns Stimme zu hören war, befand sich ebenfalls ein kleines rundes Loch in der Wand. Waren beide schon vorher da gewesen? Und wusste John von beiden Löchern oder nur von dem einen?, dachte Maya.

Das Loch auf der Seite von John blieb jedoch nicht lange nur ein einfaches Loch, denn auch John schob jetzt seinen Penis hindurch ins Innere des Raumes. Er war aber bereits hart und steif, im Gegensatz zu dem anderen ein paar Minuten zuvor.

Maya war überfordert, ihre Gedanken überschlugen sich. *Hat John den anderen Mann gar nicht bemerkt? Ich tue am besten so, als wäre alles normal.* Sie kniete sich erneut hin und mit jeder weiteren Sekunde, die sie Johns Penis anschaute, stieg ihre Erregung und der Schock wich zurück. Erneut fiel ihr die Ähnlichkeit zwischen Johns bestem Stück und dem ihres Nachbarn auf, den sie am Vortag aus der Entfernung gesehen hatte. Sie riss entsetzt die Augen auf. Sie war sich sicher, dass der andere Penis ihrem Nachbarn gehörte. *Was ein dreister Arsch,* fluchte sie innerlich. Er musste den Zettel heute Morgen an ihrem Wagen gefunden haben und hatte daraufhin sein Glück versucht. Offensichtlich erfolgreich. Es rief einen unbeschreiblichen Mix aus Wut und Erregung in Mayas Innerem hervor. Das Gefühl, davon angeturnt zu werden, war neu.

Dabei wunderte sie sich wieder einmal über sich selbst. Sie hatte vorhin aus Versehen den Penis ihres Nachbarn im Mund gehabt und war nicht einfach nur wütend aufgrund seiner Dreistigkeit. Es hatte ihr ziemlich gefallen und trotzdem hatte sie Angst, dass John es herausfinden könnte. Der Mix der Gefühle überforderte nicht nur Mayas Kopf, sondern auch ihren Körper. Die Erregung machte sich nun auch zwischen ihren Beinen bemerkbar und sie beschloss, nicht länger darüber nachzudenken. Sie griff mit ihrer linken Hand nach Johns Penis und fing an, es ihm mit leichten Vor-und-zurück-Bewegungen zu besorgen.

John stöhnte: »Das habe ich so sehr vermisst!« Mayas Lust stieg immer weiter und sie fing an, sich mit der anderen Hand über ihren Slip zu streicheln. Sie rieb ihren Zeige- und Mittelfinger immer schneller und härter über ihren Kitzler und bemerkte, wie ihr Höschen immer nasser wurde.

Sie ließ den Penis los und bewunderte seine Standfestigkeit. So hart hatte sie Johns Penis noch nie gesehen. Ihm schien dieses Spiel sehr zu gefallen. Maya griff nach ihrem Höschen und zog es sich über die Knie, ehe sie es komplett auszog. Ihren Rock ließ sie an. Aus den Augenwinkeln bemerkte sie, wie sich hinter dem anderen Loch erneut etwas bewegte. Sie fragte sich, ob ihr Nachbar tatsächlich immer noch da war. Dabei konnte sie nicht sagen, ob sie es gut oder schlecht finden würde, und als hätte ihr Nachbar diesen Zwiespalt in ihrem Kopf gespürt, steckte er plötzlich wieder seinen Penis durch das Loch.

Maya schreckte erneut kurz zusammen und ein leichtes Grinsen umgab ihren Mund. Er war immer noch steif und bettelte praktisch um eine Fortsetzung. *Entweder hat er echt gute Nerven oder ... John weiß Bescheid?!*, dachte sie für einen kurzen Moment. Das konnte sie sich aber nicht wirklich vorstellen. *Ich sollte ihn einfach links liegen lassen, sonst bemerkt John noch etwas.* Wieder einmal kämpfte sie mit ihrem Gewissen.

»Bist du noch da?«, fragte John und riss Maya so aus ihrer Trance. Sie konnte keinen klaren Gedanken fassen und war gefangen in ihrer Lust. Normalerweise wäre ihr das nie in den Sinn gekommen und die Vernunft hätte gesiegt, aber seit dem Vorfall im Garten, dem Film und dem Besuch bei Gabriela hatte Maya auf einmal einen unbändigen Drang nach sexueller Nähe, den sie zu besänftigen versuchte. Sie wusste, dass das, was ihre Lust ihr vorschrieb, falsch war und sie eigentlich anders hätte handeln müssen. Dennoch handelte sie erneut gegen ihr Gewissen. Sie streckte ihren Po in Richtung des Lochs, an dem John stand, und stellte ein Bein auf dem Rasenmäher ab, um eine Erhöhung zu haben. Sie griff nach seinem Penis und führte ihn langsam an ihre Scheide.

John spürte das warme, feuchte Gefühl an seiner Penisspitze und als er merkte, dass sie ihn in die richtige Position gebracht hatte, wartete er keine Sekunde und stieß zu. Maya schrie vor Erregung und bewegte ihr Becken anschließend immer wieder vor und zurück. Jedes Mal krachte sie dabei mit ihren runden Pobacken gegen die dünne Holzwand, die jedes Mal ein lautes Geräusch abgab. Sie nahm das Bein vom Rasenmäher und stützte sich mit beiden Händen an der gegenüberliegenden Wand ab. Der Schuppen war so schmal, dass sie mit ihrer Hand an den Penis ihres Nachbarn herankam. Das machte sie sich zunutze und holte ihm einen runter, während John sie mit aller Kraft von hinten nahm.

Eigentlich hatte sie ihrem Nachbarn die Genugtuung nicht geben wollen, aber sie wollte unbedingt mal zwei Männer gleichzeitig befriedigen und wann sollte sich die Chance dazu bieten, wenn nicht heute? Sie beschleunigte das Tempo ihrer Handbewegung in derselben Geschwindigkeit, wie John zustieß. Bei jeder Bewegung ihres Körpers hüpften ihre Brüste auf und ab, ihre Nippel waren mittlerweile riesig vor Erregung.

Maya konnte spüren, wie sehr es den beiden Männern gefiel. Diese neue Erfahrung, gleich zwei Männer auf einmal zu beglücken, brachte Maya in einen hypnotischen Zustand. So etwas hatte sie bis zu dem Film am Vorabend noch nicht einmal gesehen – und jetzt war sie mittendrin. John, der es ihr von hinten besorgte, und ihr Nachbar, dem sie durch das Loch in der Wand einen runterholte. Ihre Lust wurde so groß, dass Maya das Gefühl hatte, jemand hätte ihr ein Glas Wasser zwischen die Beine gekippt. Mayas Atem beschleunigte sich immer weiter und ihr Körper kündigte einen gewaltigen Orgasmus an. Sie machte noch schnellere Bewegungen und mit jedem

Mal spürte sie, wie John tiefer in sie eindrang. Sie hatte das Gefühl, bei jedem Stoß immer feuchter zu werden. Es wurde immer wärmer zwischen ihren Beinen und auf einmal bebte es.

Mayas Orgasmus war so explosiv, dass ihre Beine wie verrückt zitterten und sie beinahe den Halt unter den Füßen verloren hätte. Sie schrie vor Lust und konnte sehen, wie dieses Schreien dazu führte, dass sich der Penis ihres Nachbarn danach noch ein wenig mehr aufstellte. Mittlerweile stand dieser nicht mehr waagerecht durchs Loch, sondern beinahe senkrecht. Sie bemerkte, dass er nicht mehr weit davon entfernt war, ebenfalls zum Orgasmus zu kommen.

Plötzlich war es aber John, der rief: »Ich komme gleich, Baby!«

Maya ließ seinen Penis aus ihr herausgleiten und kniete sich vor ihn hin. Sie nahm seinen Penis in den Mund und umkreiste mit ihren Lippen seine Eichel, saugte heftig daran und ließ ihn dann wieder aus ihrem Mund. Anschließend griff sie seinen Penis mit der linken und den ihres Nachbarn mit der rechten Hand und setzte sich in die Mitte. Sie dachte an den Film und wie die ältere Frau genau wie sie jetzt zwischen den beiden Männern gehockt hatte. Daran, wie der eine Mann sein Sperma auf den anderen schoss, weil die Frau es so wollte.

Dann kam ihr eine Idee, die ihre Lippen kurzzeitig zu einem bösen Lächeln formte. Das sollte ihre Rache an ihrem Nachbar sein. Sie hatte ihn zwar zuerst herausgefordert und ihr gefiel diese Spielerei, doch je mehr sie darüber nachdachte, desto mehr wurde ihr bewusst, dass er schon ein wenig dreist und aufdringlich war. Sie wollte ihm zeigen, dass er damit nicht einfach so ungestraft davonkommen würde. *Vermutlich finden es Männer, die ausschließlich auf Frauen stehen, nicht so witzig, wenn ein anderer Mann sein Sperma auf sie abspritzt*, dachte Maya. Sie musste also versuchen, Johns Penis so zu halten, dass sein Sperma den Penis ihres Nachbarn traf. Sie war sich nicht sicher, ob er die Kraft dazu hatte, aber wenn er sich während seiner Abwesenheit nicht selbst befriedigt hatte, sollte er einen gewissen Druck verspüren, resümierte sie. Maya wusste, dass die Entfernung zwischen den beiden gerade ausreichen könnte, um es zu versuchen.

Maya war aufgeregt und fest entschlossen, ihren Plan umzusetzen. Für sie entwickelte sich das Ganze in dem Moment zu einem Spiel. Und dieses Spiel wollte sie um jeden Preis gewinnen. Sie beschleunigte das Tempo, mit dem sie John einen runterholte, packte fester zu und nur wenige Sekunden später hörte sie ihn laut stöhnen. Er presste sein Becken an die Wand und somit seinen Penis noch ein Stück weiter durch das Loch. Sein Sperma schoss mit voller Kraft in hohem Bogen aus ihm heraus und traf genau die Penisspitze ihres Nachbarn.

Während John von alldem nichts spüren konnte und einfach nur seinen Orgasmus genoss, der sich Stück für Stück entlud, zuckte ihr Nachbar von dem plötzlichen Gefühl auf seinem Penis kurz zurück. Er konnte erahnen, was es war, zog sich aber nicht ganz aus dem Loch zurück.

Es hat tatsächlich funktioniert und hat ihm wohl nicht sehr gefallen, dachte Maya und lachte leise vor Stolz. Er war kurz davor, sich komplett aus dem Loch zurückzuziehen, befand sich allerdings schon an einem Punkt, an dem er nicht mehr zurückkonnte. Maya konnte sehen, wie er überlegte. Er stand allerdings so nah vor einem Orgasmus, dass er es einfach über sich ergehen ließ. Er drückte sein Becken jetzt ebenfalls nah an die Wand, sodass sein weiß bedeckter Penis wieder komplett zu sehen war, und Maya wusste, was als Nächstes geschehen würde.

Während Johns Erregung allmählich nachließ, befand sich ihr Nachbar gerade erst kurz vor dem Höhepunkt, als sein

Penis ebenfalls begann, heftig zu zucken. Am liebsten hätte sie ihn einfach sich selbst überlassen, ohne ihn dabei anzufassen. Maya wusste von John, dass Männer es nicht so gern mochten, wenn man die Stimulation während des Orgasmus unterbrach. Allerdings hatte sie Bedenken, dass dann auch der Schuss ihres Nachbarn John treffen könnte, und das wollte sie mit aller Macht verhindern, auch wenn sie es gern gesehen hätte. Also hielt sie seinen Penis während seines Orgasmus ein wenig zur Seite und sah zu, wie sein Sperma etwa zwanzig Zentimeter neben John die Wand traf. Sein eigenes und das Sperma von John tropften an seinem Penis herunter, welcher langsam an Größe verlor.

Der Anblick sorgte dafür, dass Mayas Erregung kaum abklang. Sie ließ die Bilder noch einmal auf sich wirken und genoss es für einen kurzen Moment, die beiden Männer zu sehen, die vor nur wenigen Sekunden durch ihr Handeln einen Orgasmus genossen hatten. Sie wusste, dass in einigen Augenblicken ihr Gewissen um die Ecke kommen würde, um sie zu richten.

Dann verschwand ihr Nachbar in dem kleinen Loch und auch John zog seinen Penis zurück durch die Öffnung. Ein Gefühl der Angst kam in ihr hoch, als sie langsam realisierte, was gerade geschehen war. *Was, wenn die beiden sich jetzt begegnen und alles auffliegt?*, dachte Maya panisch. In dem Moment hörte sie, wie jemand von außen an die Türklinke griff. Unweigerlich lief vor ihrem inneren Auge ein Film ab, in dem es ihr Nachbar war, der John folgte und hereinkam, um sie als Betrügerin zu entlarven. Sie malte sich aus, wie John sie verlassen würde und sie bis ans Ende ihres Lebens allein bleiben würde.

Als die Tür sich langsam und quietschend öffnete, wurde Maya zurück in die Gegenwart geholt. Vor Anspannung bewegte sie sich kein Stück und schaute einfach nur zur Tür. Für Mayas Empfinden öffnete sich die Tür in Zeitlupe und die Zeit, bis sie endlich sah, wer vor der Tür stand, fühlte sich für sie wie eine Ewigkeit an. Doch als sie schließlich John lächelnd in der Tür stehen sah, fiel ihr ein riesiger Stein vom Herzen. Sie grinste und konnte ihr Glück kaum fassen. Sie rannte ihm entgegen und sprang ihm in die Arme. Beide küssten und umarmten sich lange, als sie erst so richtig realisierten, wie sehr sie sich gegenseitig vermisst hatten.

Nachdem Maya und John beschlossen hatten, ins Haus zu gehen, setzten sich beide an den Küchentisch und führten eine lange Unterhaltung. John gestand, ihr in der letzten Zeit nicht die Aufmerksamkeit entgegengebracht zu haben, die sie verdiente. Auch Maya entschuldigte sich für ihr teilweise geringes Verständnis, wenn es um seine Arbeit und die häufigen Auswärtstermine ging. John war fest entschlossen, einige Dinge zu ändern, und nachdem Maya zuvor mit dem Gedanken gespielt hatte, ihm die Wahrheit zu sagen, entschloss sie sich dann dafür, nichts zu sagen, um zu sehen, wo diese zu neuem Leben erweckte Beziehung hinführen würde. Sie hatte zu viel Angst davor, damit alles zu zerstören. Und obwohl sie ein kaum aushaltbares schlechtes Gewissen plagte, war es für Maya die richtige Entscheidung.

***

Am nächsten Morgen waren alle Koffer und Taschen schon gepackt. Während Maya sich noch schminkte und für den letzten Feinschliff in ihrem Gesicht sorgte, brachte John das Gepäck in den Kofferraum. Im Anschluss an ein gemeinsames Frühstück setzten sie sich ins Auto und rollten von ihrer Einfahrt. Als John den Wagen zurücksetzte und in den ersten Gang schaltete, sahen die beiden ihren Nachbarn in seiner Einfahrt stehen. Er hatte gerade die Zeitung aus seinem

Briefkasten geholt und drehte sich genau im richtigen Moment ihnen um. Er winkte den beiden zu und Maya erkannte sein schelmisches Augenzwinkern. Als sie aber realisierte, dass dieses Augenzwinkern nicht an sie, sondern an John gerichtet war, stockte ihr der Atem …

MEINE MIETE ZAHLE ICH MIT MEINEM GEILEN MUND

Als die Geschichte begann, von der ich erzählen will, war ich Ende fünfzig. Ich wohne im fünften Stock eines modernen Mietshauses, ganz oben in einer großzügigen Wohnung. Die zehn Wohnungen in den unteren vier Stockwerken gehören mir auch, und das ist ein Grund, weshalb ich mich schon mit Mitte fünfzig zur Ruhe setzen konnte. Ich hatte im IT-Business gearbeitet, gut verdient und einen Teil meines Einkommens in diesem Haus angelegt. Das, was ich noch beiseitegelegt habe, und die Mieteinnahmen sichern mir ein angenehmes Auskommen, mit dem ich nicht zu luxuriös leben kann, aber doch immer genug habe, um mir das eine oder andere Schmankerl zu leisten.

Leidlich attraktiv für mein Alter, bin ich aber nicht auf Abenteuer aus. In meiner Sturm-und-Drang-Zeit war ich den unterschiedlichsten Abenteuern nicht abgeneigt. Was Sex angeht, hatte ich eine niedrige zweistellige Zahl weiblicher Partnerinnen. Ich wollte mich nie binden und eine Familie gründen. Und selbst jetzt im fortgeschrittenen Alter bereue ich das nicht.

Vor einiger Zeit zog Hanne, eine junge Frau Mitte zwanzig in eine Zweizimmerwohnung im Erdgeschoss ein. Als sie sich für die Wohnung beworben hat, kam sie in einem sehr offenherzigen Top, durch das die florale Tätowierung an ihrem linken Arm gut sichtbar war. Genauso sichtbar waren durch den gewagten Ausschnitt ihre großen Titten. *Ein BH würde guttun, die Massen zu fassen,* dachte ich mir und als ich ihren kleinen, dreijährigen Sohn am Arm sah, war mein nächster Gedanke: *Der hat bei seiner Mama mächtig was zu nuckeln gehabt.* Sie war nicht dick, aber die Schwangerschaft hatte bei ihr sehr attraktive, weibliche Rundungen hinterlassen.

Ich habe nichts gegen alleinerziehende Mütter oder gegen Kinder im Haus, ehrlich gesagt mag ich es, wenn eine gute Mischung aus älteren und jüngeren Menschen hier lebt, aus Familien, Paaren und Alleinstehenden. Schließlich wohne ich auch hier im Haus und bin für alle, die hier wohnen, der Herbert. So zog eben auch Hanne mit ihrem Sohn Janis als neuestes Glied unserer Hausgemeinschaft ein. Ich sah sie immer wieder einmal, wenn wir uns im Treppenhaus begegneten. Wir führten höfliche, aber völlig belanglose, eher kurze Gespräche.

Hanne war als alleinerziehende Mutter finanziell nicht auf Rosen gebettet. Sie lebte von den staatlichen Unterstützungs-maßnahmen, die sie durch Nebenjobs aufzubessern versuchte. Das gelang ihr mal besser und mal schlechter, weshalb sie am Ende des Monats mal Geld hatte, die Miete zu zahlen, mal nicht …

So stand ich an einem Monatsanfang in ihrer Wohnung. Sie war etwas kleiner als ich, und jedes Mal wenn ich sie sah, bewunderte ich im Stillen ihre mamahaften Rundungen und bedauerte, nicht zulangen zu dürfen.

Sie trug wie immer eine Jeans. Vermutlich war sie in den Dingern schon zur Welt gekommen. Sie hatte strahlende, jetzt fragende Augen und eine etwas zu breite Nase. Die Haare trug sie mittellang, heute mit pinker Strähne, aber das konnte morgen schon wieder anders aussehen. Nicht zu vergessen die ausgesprochen sinnlichen Lippen. So ein richtiger Blasemund. Eine Miss-Wahl hätte sie nie gewonnen. Aber das tun die wenigsten. Sie war eine junge Frau Mitte zwanzig wie Tausende andere auch. Und genauso Durchschnitt wie ich auch.

»Ist es schon wieder so weit?«, fragte sie mich.

»Heute ist schon der Vierte und du hast die Miete noch nicht bezahlt«, erklärte ich in möglichst neutralem Ton.

»Ach, Herbert! Letzten Monat war so viel los. Janis hatte Geburtstag und ich brauchte eine neue Jacke. Da ist einfach nichts übrig geblieben«, entschuldigte sie sich.

»Hanne, du wohnst jetzt seit fünf Monaten hier. Jeden Monat das Gleiche. Die Miete ist nicht da.«

»Aber du hast dein Geld doch immer bekommen, wenn auch nicht am Monatsersten.«

»Klar, du hast gezahlt, wenn du mal wieder Geld hattest«, lenkte ich ein. »Allerdings bist du mit den beiden Monats-mieten, die ich dir gestundet habe, jetzt drei Monatsmieten hinterher.«

Hanne stand auf. »Herbert, komm mal mit! Ich will dir etwas zeigen.«

Ich bewunderte ihren dicken Hintern, als sie sich umdrehte, mich an der Hand nahm und hinter sich her in den Wohn-bereich mit Küche zog.

Sie setzte sich an den Tisch und zog mich zu sich heran. Ehe ich reagieren konnte, hatte sie meinen Gürtel geöffnet und die Hose heruntergezogen. Schlaff hing mein Schniedel vor ihrem Gesicht zwischen meinen Beinen. Sie warf nur einen kurzen Blick auf meinen Kleinen. Danach blickte sie mich an und sah in meinen Augen, dass ich vollkommen überrascht war, aber erst einmal keine Einwände hatte gegen das, was kommen könnte. Und schon steckte meine Eichel in ihrem Mund. Wenn sie es so wollte, warum nicht? Ich war solo, betrog also niemanden. Und ganz nebenbei wollte ich nicht der erste Mann weltweit sein, der einen Blowjob ablehnte, nachdem seine Gespielin schon mit Warmblasen begonnen hatte.

Hanne widmete sich nun ihren Blaskünsten: Vorhaut ganz nach hinten und Zunge ans Bändchen. Dann ab in den Mund, die Eichel versenkt. Mit der Oberlippe berührte sie leicht mein Pisslöchlein. Danach öffnete sie ihren Mund etwas und kreiste mit ihrer nassen Zunge ein paarmal um meinen Freudenspender. Schließlich nahm sie ihn wieder heraus und schaute mir in die Augen, während sie mich mit der Hand bediente.

Ich guckte möglichst neutral zurück, wollte sie nicht extra loben, sondern war gespannt, was sie sonst noch so drauf hatte.

Mit drei Fingern umschloss sie meinen Schaft, den kleinen Finger hatte sie weit abgespreizt, ihr Daumen presste sich auf meine Harnröhre. Die zweite Hand griff mir an die Eier und knetete sie sanft. Sie leckte mir über den Sack. Dann glitt ihre Zunge den ganzen Schaft hoch, schließlich stülpte sie ihren Mund wieder über die feuchte Spitze. Das ganze Spiel von vorn. Beim dritten Mal ließ sie die Eier aus, bewegte dafür ihren Kopf immer schneller vor und zurück. Ich fing an, sie vorsichtig in den Mund zu ficken, nur leicht. Zu meinem Erstaunen fanden wir schnell einen gemeinsamen Rhythmus, der dazu führte, dass sie mit zusammengepressten Lippen nur die Eichelspitze küsste, wenn er draußen war, und dann mehr als die Hälfte meines harten Kolbens in ihrem Mund versenkte.

Sie war gut, sehr gut sogar, nicht ein einziges Mal spürte ich ihre Zähne. Dann führte sie mich nach außen, klemmte sich mein Glied zwischen Backenzähne und Wangen. Wieder sah sie mich an, ob es mir gefiel, und diesmal konnte ich mir ein Aufstöhnen nicht verkneifen. Sie holte ihn wieder ans Licht und wichste mich heftiger mit der Hand. Ihre Daumenspitze presste nicht mehr die Harnröhre, sondern bildete mit dem Zeigefinger einen geschlossenen, engen Cockring. Eigentlich war ich davon ausgegangen, dass es das jetzt gewesen war, dass sie mir nur noch mit der Hand einen abschrubben wollte, doch als ich zuckte, pumpte und stöhnte, stülpte sie mir kurzerhand ihren Mund über und saugte mich leer.

Erst als der letzte Tropfen auf ihrer Zunge lag, gab sie mich wieder frei und spuckte in ein Glas, das auf dem Küchentisch stand.

»Wow«, stöhnte ich, »das war nicht schlecht.«

»Nicht schlecht, ja?«, maulte sie. »Erzähl mir nicht, du hattest je eine Freundin oder einen Freund, der das besser gemacht hat. So ein Blowjob ist doch mindestens drei Monatsmieten wert.« Plötzlich war Hanne sehr geschäftstüchtig.

»Höchstens eine.« Ich wollte nicht mit ihr verhandeln. »Für diesen Monat lasse ich es gut sein, und die beiden anderen zahlst du mir, wenn du mal wieder bei Kasse bist.«

Hanne nickte, das war mehr, als sie zu erwarten hatte.

Doch mir kam da noch ein Gedanke. »Meine Wohnung ist sehr groß. Wie wärs, du kommst zweimal die Woche zu mir hoch und hältst meine Wohnung in Schuss, dafür halbieren wir die Miete.«

»Du machst dir meine Notlage zunutze und willst mich als billige Putze ausnutzen«, wehrte sie ab.

»Überleg's dir! War nur so ein Gedanke. Wenn du nicht willst, ist auch gut.«

Ich zog meine Hose hoch und ging.

***

Drei Tage später klingelte es an meiner Wohnungstür. Hanne stand da. »Wo soll ich anfangen? Und wo sind die Putzutensilien?« Hanne machte nie langes Gedöns um eine Sache.

Von da an kam sie mehrmals die Woche und brachte meine Wohnung auf Vordermann.

Hannes Blowjob hatte eine Erinnerung in mir geweckt an etwas anderes, das ich schon einmal erlebt hatte. Vor vier

Jahren war ich wegen eines Jobs in einer anderen Stadt zum Einrichten und Betreuen einer IT-Anlage. Die Abende allein im Hotel waren lang. Ich fand einen Erotikclub der etwas ungewöhnlicheren Klasse.

Für einen dieser Abende war etwas Besonderes angekündigt. Ein junger Kerl hatte seine Freundin fremdschwängern lassen. Es hieß, dass die beiden in finanziellen Schwierigkeiten steckten. Der Typ hatte mit den falschen Leuten Poker gespielt und hatte nun nicht genug Geld, um seine ungeduldigen und gewaltbereiten Gläubiger zu bezahlen. Deswegen waren sie auf den Vorschlag seiner Mafiagläubiger eingegangen, seine Frau öffentlich zum Schwängern zu versteigern.

Ab dem positiven Schwangerschaftstest war das schwangere Mädchen dann jeden Donnerstagabend auf der Bühne und ließ sich von gut zahlenden Gästen ficken. Ihr Freund war immer mit dabei und schaute zu, wie andere Männer ihren steifen Schwanz in der Fotze seiner Freundin versenkten.

Sie war sicher erst Anfang zwanzig, aber durch die Schwangerschaft – sie war damals im fünften Monat – veränderte sich ihr Körper deutlich hin zur Frau. Ihre langen dunkelblonden Haare gingen ihr bis zu den Titten, die sich wie zwei Orangen vor ihrer Brust wölbten. Man sah schon die Veränderungen, wie sie zu kräftigen Milcheutern anschwellen würden. Genauso wie der Bauch, der sich schon sichtbar wölbte. Damals sah ich am linken Arm der Frau zum ersten Mal jene florale Tätowierung, die auch Hanne an ihrem Arm hatte.

Ich bedauerte, dass ich damals bei der Schwängerung nicht dabei gewesen war. Ich hätte der Kleinen zu gern den Braten in die Röhre geschoben, aber der Gedanke, eine Schwangere zu ficken, hatte auch etwas. Nachdem ich meinen Einsatz gezahlt hatte, stellte ich mich in die Reihe derer, die die Schwangere ficken würden.

Sie kniete auf der Bühne, um die Schwänze der Stecher anzublasen. Ich stand daneben und wichste meinen Schwanz steif, bis ich an die Reihe kam. Sie nahm meinen Kolben in den Mund, um mich ein wenig zu lecken. Es war dieses Spiel mit ihren Lippen und ihrer Zunge, das die Erinnerung in mir weckte.

Der Clubbetreiber war sehr geschäftstüchtig. Er ließ nicht nur für das Stechen bezahlen, man konnte danach auch eine DVD kaufen, auf der der Akt des Abends aufgenommen war.

Ich hatte mir die DVD damals gekauft. Es dauerte etwas, bis ich mich wieder daran erinnerte und die DVD aus meiner Pornosammlung herausholte.

Ja, das war sie. Sicher, sie hatte sich inzwischen verändert, war fraulicher und mehr Mama geworden, aber das Gesicht und die Tattoos ließen keinen Zweifel zu: Die junge Frau von damals, die sich hatte fremdschwängern lassen, war Hanne, die jetzt bei mir eingezogen war. Wahrscheinlich war sie in die fremde Stadt gezogen, um vor ihrer Vergangenheit zu fliehen, und hatte sicher nicht damit gerechnet, dass gerade ihr Vermieter das alte Video kannte.

Ich zog mir noch einmal den Streifen rein, wo ich sie gefickt hatte. Wie sie meinen Schwanz in den Mund nahm, mit ihrer Zunge den Schaft entlangfuhr und dann mit ihrer Lippe am Köpfchen nagte. Langsam verschwand der Schwanz in ihrem Mund. Sie ließ es zu, dass ich sie in den Mund fickte. Dann brach ich den Blowjob ab. Ich schnappte mir den hochgereckten Hintern der Schwangeren und tunkte kurzerhand meinen Schniedel in ihre Möse. Nass, wie sie war, glitt ich problemlos bis zum Anschlag rein in die gute Stube. Sie war heiß, die Stimmung und die Schwangerschaftshormone machten sie geradezu süchtig nach Schwänzen in ihrer Fotze. Ihr Rhythmus passte sich meinem an. Ich beugte mich vor, um ihre inzwischen mächtigen Titten zu streicheln, zu kneten und mit meinen Händen zu liebkosen.

»Sie hat eine geile Muschi, oder?«, klang es hinter mir.

»Ja«, antwortete ich, dann wurde mir klar, dass ich nicht allein im Raum war. Ich drehte mich um. Hinter mir stand Hanne. Ich hatte ihr einen Schlüssel gegeben, damit sie auch zum Saubermachen kommen konnte, wenn ich nicht da war. Und jetzt stand sie hinter mir und beobachtete mich, wie ich mir einen Pornostreifen reinzog – einen besonderen Pornostreifen, in dem wir beide die Hauptdarsteller waren.

Als wäre es das Selbstverständlichste der Welt, setzte sie sich neben mich aufs Sofa, während auf dem TV-Schirm der Porno lief, in dem ich ihr meinen Stab in die Fotze steckte. Auch eine Großaufnahme war dabei. Man sah deutlich ihre Schambehaarung, zwischen der sich ihre nassen Lippen öffneten, durch die mein harter Schniedel flutschte.

»Magst du meine Muschi?«, fragte Hanne unvermittelt.

»Ich weiß nicht. Das war damals. Ich wollte die Fotze einfach ficken. Ich wollte meinen Schwanz auch einmal in eine Schwangere stecken. Und es war so geil, der dicke Bauch, die großen Milcheuter und die weichen warmen Rundungen.«

»Aber ohne den dicken Bauch findest du sie nicht attraktiv!«

»Doch. Auch die Muschis von Frauen, die nicht schwanger sind, sind hübsch.«

»Aber meine Muschi …«

Was kann Mann da schon sagen? Ich wollte damals die schwangere Fotze ficken. Damals habe ich nicht darauf geachtet, was ich einmal sagen werde, wenn ich ihr in einigen Jahren wieder über den Weg laufe.

»Das war eine geile Muschi.« Falsche Antwort.

»Ach so«, grummelte sie.

Hanne hatte sich so eng neben mich gesetzt, dass sich unsere Oberarme berührten. Sie fühlte sich warm an und mir wurde heißer, als ich wollte. Mittlerweile war auf dem TV-Schirm zu sehen, wie ich die Schwangere mit raschen Stößen fickte. Dann richtete ich mich auf, zwei, drei harte Stöße und ich verharrte tief in ihrer Gebärhöhle. Man sah leicht das Zucken meiner Lenden, während ich meinen Samen in sie hineinpumpte. Ich zog meinen Schwanz heraus. Zoom auf ihre Spalte, aus der langsam mein weißer Glibber tropfte. Gleich darauf kam der Nächste, der sie fickte. Das wollte ich nun nicht anschauen und schaltete die DVD auf Standbild. Ihre Pussy war groß im Bild, die dunkelblonde Schambehaarung, dazwischen die auseinanderklaffenden rosigen Lippen, aus denen mein Samen tropfte.

»Da, siehst du, das hat doch was«, versuchte ich abzulenken.

»Weil deine Potenz aus mir herausläuft!«

»Nein, im Gegenteil. Weil die Muschi so geil feucht ist«, antwortete ich grinsend.

»Würdest du sie lecken?«

»Wenn sie gut schmeckt!«

»Ich will wissen, wie du sie leckst!«, schmollte sie. »Magst du Möse?«

Was wollte sie? Warum ritt sie so auf ihrer Möse herum? Ich drehte mich zu ihr. Sie lächelte mich schelmisch an. Was hatte sie vor? Taute Hanne, die Unnahbare, plötzlich auf?

»Ja, ich finde Muschi lecken geil«, antwortete ich.

»Meine auch?«

»Woher soll ich das wissen?«

Hanne antwortet nicht. Aber ich wurde forscher. Ich begann, ihre Blusenknöpfe zu öffnen, und streichelte ihre Brust. Sie ließ es geschehen. Ich war überrascht, wie fest ihre Titten waren. Auch ohne BH hingen sie kaum durch. Wenn eine Frau ein

Kind gesäugt hat, hatte ich mir immer vorgestellt, wären ihre Titten wabbelig und schlaff. Aber die Dinger hier waren prall und voller Leben. Ich streichelte ihre Nippel.

Sie sagte nichts. Nur ihre Hand hielt plötzlich die meine fest. Dann drehte sie mir ihr Gesicht zu und küsste mich. Es wurde ein langer und feuchter Kuss.

Sie schaute mich seltsam an, dann knöpfte sie ihre Bluse weiter auf.

»Soll ich abschalten?«, fragte ich.

Sie nickte und zog die Bluse aus. Ich hätte gern ihre Megabrüste in den Händen gehalten, an ihren Brustwarzen geleckt und an den Nippeln genuckelt. Aber Hanne stand auf und stellte sich wortlos vor mich hin. Ich wusste auch so, was zu tun war. Ich öffnete ihre Gürtelschnalle und zog ihr die Jeans herunter. Nun stand sie nur mit einem weißen Slip vor mir, der in der Mitte einen feuchten Fleck hatte.

Ich küsste die dunkle Stelle, glitt von der Seite mit einem Finger hinein und streichelte die nassen Schamlippen.

Hanne stöhnte leise. »Leck mich!«

Ich platzierte Hanne wieder auf dem Sofa. Dann kniete ich mich davor und zog ihr das Höschen aus. Ihre Haare waren so nass, dass ihr ganzer Bär zwischen den Beinen zusammenklebte.

Ich leckte mit breiter Zunge über die Feuchtgebiete und bekam prompt ein Haar zwischen die Zähne. Während ich versuchte, es mir von der Zunge zu klauben, steckte ich ihr zwei Finger in die Pflaume. Dabei züngelte ich an ihrem Kitzler. Ein Riesending, das mich an eine reife Kirsche erinnerte.

Ich fingerte sie etwas schneller, befreite währenddessen mit der Oberlippe ihre Klitoris von der Vorhaut. Ich saugte an ihrer Kirsche, stimulierte sie dabei mit kreisenden Bewegungen meiner Zunge. Ihr Mösensaft lief an meinem Kinn herunter.

»Warte!«, murmelte sie stöhnend, »ich komme gleich.«

Ich ließ sie einen Augenblick verschnaufen, dann nahm ich meine Muschi-Verwöhn-Orgie wieder auf. Sie fing an, mit ihrem Becken zu rotieren, stieß nach meinem Gesicht, wollte härter rangenommen werden. Ich tat ihr den Gefallen und biss leicht in ihre rote Kirsche.

»Aua«, jaulte es über mir.

Ich schleckte durch ihre Spalte, wollte ich doch so wenig wie möglich von diesem leckeren Fotzensaft umkommen lassen. Ihr Unterleib wölbte sich hoch, ich krallte mich an ihren Hüften fest.

»Nein! Nicht. Mach weiter!«, stöhnte sie und nahm schließlich meinen Kopf zwischen beide Hände und drückte mich von ihrer Pflaume weg.

»Aufhören!«, rief sie. »Ich kann nicht mehr!«

Das war wieder typisch Frau, nicht wissen, was sie will. Aber ich wusste, was ich will. Die Gelegenheit war zu günstig. Schnell zog ich mir die Hose aus und schob ihr meinen harten Schniedel in die Dose.

»Nein. Nicht«, kamen stoßweise die Worte aus ihrem Mund und sie schaute mich mit einer Mischung aus Verzweiflung und Geilheit an.

Doch dann befreite sie ihren Eingang von störenden Haaren und ich begann, sie zu vögeln.

Bald schloss sie die Augen, stöhnte auf und kam schon wieder. Nicht so heftig wie zuvor, aber deutlich zu spüren. Sie fing an, ihr Becken zu bewegen und sich meinem Rhythmus anzupassen. Ihre Hände wanderten zu ihren Brüsten und sie streichelte sich selbst. Dabei beobachtete sie mich und sah, dass ich nicht mehr lange brauchen würde.

»Spritz mich voll!«, hauchte sie. »Gib mir deinen Saft!«

Nur noch wenige harte Stöße, dann stöhnte ich laut auf, mein Schwanz zuckte. Ich stieß und pumpte und verströmte mich in ihr. Dann zog ich langsam meinen erschlaffenden Schniedel aus der Scheide. Mein Sperma quoll aus ihrer Möse.

»Da geht er hin, dein kostbarer Samen!« Sie grinste mich an, während sie aufstand und der weiße Glibber aus ihrer Möse auf den Boden tropfte.

»Du fickst gut. Du könntest doch noch einmal so einen Streifen machen wie damals. Das hat euch sicher Geld wie Heu gebracht«, schlug ich vor.

»Und mit dir als Fickpartner. Bilde dir nichts darauf ein, dass du heute dein Möhrchen noch einmal in meine Fotze gesteckt hast!«

Hanne ging ins Bad und wischte sich die Beine sauber. Als sie zurückkam, war sie wieder vollständig angezogen. Sie ging zur Tür. »Das gilt jetzt aber so, als hätte ich die Wohnung geputzt«, erinnerte sie mich. Als sie die Klinke schon in der Hand hatte, drehte sie sich noch einmal zu mir um. »Damals hatte ich nichts von dem ganzen Geld. Die von der Mafia haben gleich alles eingestrichen und mein damaliger Freund ist mit dem wenigen, was der Clubbetreiber uns gab, abgehauen. Als alleinerziehende Mutter, die nicht einmal sagen kann, wer der biologische Vater ihres Kindes ist, saß ich dann mittellos und allein da.«

***

Hanne kam in den nächsten Monaten wie ausgemacht zweimal die Woche und hielt meine Wohnung sauber. Von da an klappte es besser mit der Miete.

Trotzdem klingelte ich jeden Monatsanfang bei ihr.

Eines Tages stand eine andere Frau in der Tür, blond, leicht mollig, ein wenig älter als Hanne. Aber genauso wie sie mit Rundungen an den richtigen Stellen. Sie hatte kurz oberhalb des Nabels aufgehört, ihre Bluse zuzuknöpfen, und einen BH trug sie auch nicht. So hatte ich besten Ausblick auf das, was man in Süddeutschland »mächtig Holz vor der Hütte« nennt.

»Hallo, ich bin Herbert, Hannes Vermieter.«

»Hanne ist nicht da. Sie bringt Janis in den Kindergarten. Danach wollten wir in die Stadt gehen«, erklärte die Frau. »Willst du auf sie warten? Es dauert sicher nicht mehr lange.« Sie führte mich in den Wohn-Ess-Bereich und deutete auf einen Stuhl, damit ich mich setzen konnte.

»Dann wird es heute wohl nichts mit der Miete, wenn ihr shoppen gehen wollt«, sinnierte ich vor mich hin.

»Du bist wegen des Geldes da?«, fragte die Blondine. »Du weißt schon, dass man mit Geld auch andere Sachen machen kann als shoppen gehen?«

Ich schaute sie fragend an.

»Hast du mal ein Zweieurostück?«, war ihre nächste Frage.

Ich kramte in meiner Hosentasche und reichte ihr die Münze.

»Ich zeige dir was, das hast du noch nicht gesehen«, kündigte sie ihr Kunststück an.

Das, was sie zu zeigen hatte, war deutlich sichtbar. Ich schätzte sie auf Ende zwanzig, gleiche Größe und Konfektion wie Hanne. Ihre Haut war hell, untätowiert, zumindest der sichtbare Teil, und sie war ansprechend frisiert. Sie sah aus wie die Unschuld vom Lande, die es faustdick hinter den Ohren hat. Ich spürte, wie es in meiner Hose eng wurde, sehr eng, als ich sah, was die Blondine machte.

Sie kletterte auf den Esstisch, drehte sich zu mir und hob ihren kurzen Rock hoch. Sie hatte kein Höschen an, so war ihre Muschi direkt auf meiner Augenhöhe.

»Das ist alles, was du mir zeigen willst?« Ich versuchte, enttäuscht zu klingen, aber in Wahrheit war da eine richtig hübsche Muschi zu sehen, fein säuberlich rasiert, mit nur einem schmalen Strich am oberen Ende. Ihre Spalte klaffte zwar leicht auseinander, aber ihre Schamlippen waren nicht sehr groß und lugten kaum über den Rand der Spalte. Für zwei Euro wäre das schon eine geile Peepshow.

Ich tat uninteressiert, obwohl ich sehr neugierig war, wie weit sie zu gehen bereit war. »Das ist nicht die erste Möse, die ich zu sehen bekomme. Wenn du mir was Besonderes zeigen willst, musst du schon mehr bringen.«

»Das ist ja auch nur der Anfang«, maulte sie.

Sie nahm das Zweieurostück und stellte es hochkant auf den Küchentisch. Dann öffnete sie ihren Rock und zog ihn aus. Das Einzige, was sie jetzt noch anhatte, waren ihre Sommerpumps und die halb offene Bluse. Sie kniete sich über das Geldstück, sodass es quer zu ihrem Körper stand. Meine Augen richteten sich auf ihre rasierte Muschi, die sich auf die Münze senkte. Beim ersten Mal fiel sie um, doch schon beim zweiten Versuch hatte sie sich das Geld zwischen die Schamlippen geklemmt und stand triumphierend auf.

»Schon mal so was gesehen?«, fragte sie Beifall heischend.

Ich erinnerte mich düster, dass dies auch in meiner Jugend ein Partytrick gewesen war, mit dem die Mädchen uns Kerle heißmachen wollten. Aber ich wollte sie nicht enttäuschen, also lobte ich sie. »Prima! Toll gemacht!«

»Holst du mir das Geld aus der Spardose?«, fragte sie neckisch.

Das war natürlich ein Angebot. Sie setzte sich breitbeinig auf den Tisch und präsentierte mir eine rasierte rosa Möse, deren Schmetterlingsflügel fest zusammenklebten. Das Geldstück klemmte immer noch dazwischen, der silberne Rand mit der Riffelung war deutlich erkennbar.

Ich beugte mich zu ihrer Muschi vor. Ein erster Versuch, das Geldstück mit den Zähnen zu packen, misslang. Zu weit hatte sie es in ihre Möse geschoben. Also presste ich meine Lippen auf ihre Scham. Meine Zunge suchte einen Weg in ihre Spalte, zwängte sich zwischen ihre Lippen und versuchte, das Geldstück hochzuschieben.

Es war nicht einfach. Das Luder kniff ihre Scheidenmuskulatur zusammen, um ihre Beute festzuhalten. Sie lachte herzlich. Ich weiß nicht, ob wegen meiner fast erfolglosen Bemühungen oder weil meine Zunge sie kitzelte. Aber es war ein sympathisches Lachen, dunkel und ehrlich.

Ich versuchte eine andere Strategie. Mein nächstes Ziel war oben der dicke Knubbel am Ende ihres Schlitzes. Ich drückte einen liebevollen Kuss auf ihre Lustperle. Dann nahm ich ihn zwischen meine Lippen. Im Gegensatz zu dem Geldstück stand er richtig weit heraus. Ich konnte ihn lecken, an ihm saugen und mit den Zähnen leicht fassen.

Diesmal hatte es den gewünschten Erfolg. Sie entspannte sich und ihre Blüte öffnete sich. Wie bei einem Schmetterling, der starten will, legten sich ihre Flügel auseinander. Sie war aber inzwischen schon so feucht, dass die Münze an einer ihrer Schamlippen kleben blieb. Ich konnte sie mit meiner Zunge nun leicht verschieben und sie fiel mit einem leisen Kling auf die Tischplatte.

»Prima!«, lobte sie mich und forderte mich auf: »Du kannst ruhig weitermachen!«

Was interessiert einen Mann das Geld, wenn eine junge feuchte fleischige Muschispalte vor seinen Lippen liegt – bereit, verwöhnt zu werden? Ich leckte durch ihre vorgereckte Spalte. Erste Lusttropfen benetzten ihre Schamlippen. Sie war zwar schon feucht und klebrig, aber noch nicht nass. Meine Zunge tat das ihre dazu, das zu ändern, aber auch in ihrer Lustgrotte schien sich eine Quelle aufgetan zu haben. Ich schmeckte ihren frischen Saft, der aus dem Jadetor herausquoll.

Schwanzgesteuert öffnete ich meine Hose, während ich mit der Zunge, dem Mund, ja meinem ganzen Kopf zwischen ihren Beinen beschäftigt war. Der einsame Mönch, der sonst so oft

142

schlaff zwischen meinen Beinen baumelte, war inzwischen groß und hart geworden. Er wartete darauf, endlich seine Pilgerreise anzutreten und durch das Jadetor ins Reich der Glückseligkeit einzutreten.

Mit Daumen und Zeigefinger zog ich die Pforten ihres Jadetors auseinander. Mit der anderen Hand geleitete ich den einäugigen Mönch hin zu seiner Pilgerherberge. Es brauchte kein langes Vorspiel, kein heißes Aufgeilen. Wir wollten es beide und waren bereit dazu. Mein harter Schwanz glitt in ihre heiße Muschi hinein wie in warme Butter.

»Ja, so hatte ich mir das vorgestellt!«, flüsterte sie.

»Was vorgestellt?«, fragte ich zurück.

»Unser erstes Treffen!«, meinte sie und fing an, leise zu stöhnen.

Ich weiß nicht, wieso eine fremde junge Frau von einem alten Knacker wie mir träumen soll. Aber ich nahm es hin, dass sie mit mir zusammen sein wollte. Ihr erging es wohl wie mir, hoffnungslos untervögelt, wobei das bei einem Kerl von fast sechzig Jahren wesentlich verständlicher ist als bei einer Frau, die noch nicht einmal dreißig Lenze vollendet hat.

Ich tat, wovon sie geträumt hatte. Ich fickte sie, stieß in ihre warme Grotte, vögelte sie mit meiner langen Erfahrung in verschiedenen Rhythmen. Probierte sie aus, achtete auf ihre Reaktionen, wusste bald, dass sie es langsam raus und kräftig rein am liebsten hatte. Dann fühlte ich eine Hand an meiner Leiste und merkte, wie sie langsam hektisch wurde. Offensichtlich befriedigte sie sich mit den Fingern selbst am Kitzler. Ich erhöhte das Tempo, wollte möglichst mit ihr zusammen kommen. Sie stöhnte, presste ihre Scham an meinen Bauch und gerade, als ich ihre Kontraktionen spürte, kam es mir ebenfalls. Ich pumpte ihre Möse voll, nicht im Geringsten darüber nachdenkend, ob sie die Pille nahm.

Dann nahm ich aus den Augenwinkeln eine Bewegung war.

Hanne war heimgekommen und stand da. Sie beobachtete uns, wie wir unser ganzes Umfeld vergessen, uns zu einem gewaltigen gemeinsamen Orgasmus gefickt hatten. Ich konnte nicht einordnen, was ich in ihren Augen sah. Neugierde darauf, wie wir es machten, Neid, weil sie selbst auch gevögelt werden mochte, oder Eifersucht, weil sie nun allein dastand.

»Ich sehe, meine Freundin Pia hat dir schon die Miete bezahlt.« Hanne langte mit der Hand zwischen uns und zog die Münze hervor. »Denn zwei Euro wären etwas wenig für den heißen Fick, den sie dir geboten hat. Jetzt haben wir wenigstens etwas, was wir bei der Shoppingtour auf den Kopf hauen können.«

»Ich könnte euch ja begleiten«, schlug ich vor.

Aber die beiden schüttelten den Kopf und meinten unisono: »Nein, das ist nur was für uns Frauen.«

Damit war ich abgeschoben und sie komplimentierten mich aus der Wohnung.

***

»Sie hat eine schöne Muschi, oder?«

Ich saß gerade am Computer und arbeitete an einem kleinen Auftrag, den ich übernommen hatte. Hanne hatte die Wohnung in Ordnung gebracht und kam jetzt in mein Arbeitszimmer.

Ihre Frage kam völlig überraschend für mich. »Wer? Wer hat eine schöne Muschi?«

»Na, Pia, meine Freundin. Du warst doch bis zum Hals zwischen ihren Beinen verschwunden.«

Es dauerte etwas, bis mir dämmerte, dass sie die junge Frau meinte, die mit dem geilen Stich die Miete für sie bezahlt hatte.

Was Hanne gesagt hatte, klang wie eine beiläufige Bemerkung und sie schaute mich dabei auch nicht an, aber ich wusste trotzdem, dass sie eine Antwort erwartete. Was sollte ich jetzt sagen? Wie üblich bei solchen Fragen, die eine Frau über die beste Freundin stellt, ist jede Antwort verkehrt.

»Ja«, antwortete ich und versuchte, es desinteressiert klingen zu lassen.

Darauf kam wieder ganz unvermittelt eine von Hannes scharfen Fragen: »Magst du rasierte Pflaumen?«

»Ja ... nein«, antwortete ich zögerlich. »Sie haben Vorteile beim Lecken, wenn es um die verdammten Haare auf der Zunge geht. Andererseits sehen sie zu sehr nach viel zu jungen Mädchen aus.«

»Ich dachte, Männer lieben das.«

»Einige schon. Aber ich habe es nicht so mit kleinen Mädchen.«

»Dafür hast du aber ziemlich heftig an Pias Pflaume geschleckt«, hielt mir Hanne vorwurfsvoll vor.

»Es war auch zu geil, wie sie fast nackt auf dem Tisch saß, mit dem Geldstück in ihrer Fotze«, verteidigte ich mich.

»Wenn es geil ist, dann leckst du also auch kleine Mädchen.«

»Nein, keine kleinen Mädchen, nur die rasierten Muschis, aus denen die geilen Fotzensäfte laufen.«

»War es lecker?«

»Ja, ich habe es genossen, Pias Spalte auszuschlecken.« Man sollte einer Frau nicht erzählen, wie geil ihre Freundin ist. Aber ich bin nicht mit Hanne verheiratet, nicht einmal in einer Beziehung, die über das Putzen meiner Wohnung hinausgeht.

»Und meine Muschi, war die auch lecker?«

Was kann Mann da schon sagen? Ich hatte sie bisher zweimal gefickt. Muschi lecken gehörte dazu. Und es war ein geiler Fick gewesen. Aber deswegen bin ich doch kein Connaisseur, der entscheidet: *Deine Fotzensäfte schmecken wie frisch gefangener Thunfisch mit einem Hauch Schokolade und Aprikose mit Apfel im Abgang.*

So versuchte ich, salomonisch zu antworten: »Deine Muschi war auch lecker.«

Falsche Antwort.

»Ach ja!«, grummelte sie. »Ist ihre Pussy schöner als meine? Oder geiler?«

Ich wusste es, Weiber geben nie auf. »Nein.« Kann mir jemand sagen, was ich sonst hätte antworten sollen?

»Also findest du meine Muschi schöner?«

Man kann es auch auf die Spitze treiben. Immer dieses Konkurrenzdenken. Können diese Weiber es nicht stehen lassen, dass wir Männer Mösen einfach ficken?

»Nein! Ihr seid beide gleich hübsch. Nur anders!«

»Ach ja!«, grummelte sie wieder. »Aber ich sehe doch viel wilder aus. Bei den vielen Haaren sieht man ja gar nichts. Stört das nicht?«

Sie konnte es nicht lassen, weiterzubohren. Allerdings war sie inzwischen auf mich zugekommen. Sie hatte den Bürostuhl gedreht, sodass sie mir ins Gesicht sehen konnte.

»Nein, im Gegenteil. So ein Suchspiel ist doch auch spannend, oder?«, antwortete ich grinsend.

»Magst du Möse?« Wieder so eine Frage in den Raum geworfen. Aber diesmal hatte sie ihre Arme um meinen Nacken gelegt. Ihr Mund war kaum eine Handbreit von meinem entfernt.

Kuss, Kuss, ich spitzte schon die Lippen. »Ja«, antwortete ich noch auf ihre Frage.

»Meine auch?«

»Das müsste ich noch einmal überprüfen!« Ein Angebot, wie würde sie reagieren?

»Du Arschloch!« Sie stieß mich von sich und richtete sich auf.

Ich hatte schon befürchtet, dass ich sie verschreckt hatte, aber sie blieb etwas entfernt von mir stehen. Sie öffnete ihre Gürtelschnalle und zog ihre Jeans herunter, auch den rosa

Slip. Ihr dunkelblonder Bär war zusehen, buschig und voll umrahmte er ihre frauliche Spalte.

»Leck mich!« Das war eine eindeutige Aufforderung.

Ich beugte mich vor, küsste die Haut zwischen den Haaren, glitt mit einem Finger hinein und streichelte die nassen Schamlippen. Hanne stöhnte leise.

Ich stand auf und platzierte Hanne auf dem Schreibtisch neben dem Computer. Dann kniete ich mich davor. Zwischen all den Haaren war die Spalte mit ihren wulstigen Lippen, die feucht glitzerten.

Ich leckte mit breiter Zunge über die Feuchtgebiete und steckte ihr zwei Finger in die Pflaume. Während meine Finger das Loch in ihrer Spalte suchten, fand meine Zunge am oberen Ende die große kostbare Perle. Ich fingerte sie etwas schneller, dabei befreite ich mit der Oberlippe ihre Klitoris von der Vorhaut. Während ich sie mit kreisenden Bewegungen meiner Zunge stimulierte, saugte ich an der Perle. Ihr Mösensaft lief aus, meine Finger badeten regelrecht darin.

Ich schaute hoch. Sie hatte ihr T-Shirt ausgezogen und massierte sich die Titten. Ich hörte sie stöhnen und sah ihre Brüste über mir. Ein geiles Erlebnis, das meine Hose eng werden ließ.

Ich öffnete die Hose und holte meinen Schniedel heraus. Mit rechts fingerte ich ihre Spalte, mit links wichste ich meinen Schwanz und mit der Zunge schleckte ich all die geilen Mösensäfte auf, die aus ihr herausquollen.

Sie fing an, mit ihrem Becken zu rotieren, stieß nach meinem Gesicht, wollte härter rangenommen werden. Ich tat ihr den Gefallen und fickte sie hart und schnell mit meinen Fingern.

Bäche von Fotzensaft liefen aus ihr heraus und ich schleckte ihr durch die Spalte, wollte ich doch so wenig wie möglich dieses leckeren Tropfens umkommen lassen. Ihr Unterleib zuckte und wand sich unter meiner Zunge und ich hielt mich klammernd an ihren Hüften fest, um nicht von ihrer geilen Spalte getrennt zu werden.

Hanne stöhnte und juchzte. Sie nahm meinen Kopf zwischen beide Hände und drückte mich von ihrer Pflaume weg. »Aufhören!«, rief sie. »Ich kann nicht mehr!«

Schwer atmend lag sie auf meinem Schreibtisch. Ihr Atem ging rasch und stoßweise. Ihr ganzer Unterleib zuckte, zog sich krampfend zusammen und entspannte sich wieder.

Sie hob meinen Kopf mit der Hand hoch. »Na, war das lecker?«

»Es war vorzüglich. Besser als Manna und Ambrosia.« Na ja, etwas dick aufgetragen, ich habe noch nie Manna und Ambrosia probiert. Aber Hanne ließ das gelten. Sie fragte nicht danach, wie das im Vergleich zu ihrer Freundin Pia war.

Hanne rutschte vom Schreibtisch und setzte sich nackt, wie sie war, mit nasser Möse auf einen der Stühle in meinem Arbeitszimmer. Ich erhob mich und setzte mich etwas peinlich berührt zurück in den Bürostuhl. Meine Hose war offen und es gelang mir nicht, den harten steifen Schwanz wieder einzusperren. Hanne sah es wohl, sagte aber nichts dazu.

Dann begann sie zu erzählen, so als spräche sie mit sich selbst. »Pia sagt, du leckst gut. Obwohl du ein alter Knacker bist, hat es ihr Spaß gemacht mit dir. Sie sagt, sie würde dich nicht von der Bettkante stoßen, wenn du noch mal kämst.«

Leise erzählte Hanne weiter, dass Pia eine ganz alte Freundin von ihr sei. Sie waren in der gleichen Straße aufgewachsen und Pia war für sie so etwas wie eine große Schwester. Pia war es auch gewesen, die sie aus dem Loch von Alkohol und Selbstmitleid herausgezogen hatte, als sie mit ihrem Sohn Janis allein dagestanden war.

Dann fügte sie noch hinzu: »Pia wird bald öfter bei mir sein. Sie hat einen Job hier in der Stadt bekommen und sucht nach einer Wohnung.«

Mir war nicht klar, was Hanne damit meinte. War das nur eine Information oder wollte sie damit andeuten, dass ich Pia öfter treffen würde?

***

Ich hatte einem meiner Mieter geholfen, eine Waschmaschine hochzutragen und anzuschließen. Verschwitzt kam ich zurück in meine Wohnung, als ich Stimmen hörte.

Meine Wohnung ist groß. Ich habe die beiden Wohnungen im obersten Stockwerk zusammenlegen lassen. Gästezimmer, Kino auf großer Leinwand, Fitnessraum und Sauna – alles Ideen, was ich mal machen wollte, aber nie umgesetzt habe. Jetzt stand die Hälfte der sieben Zimmer leer und wurde nicht genutzt, wenn man davon absah, dass ich manchen Ramsch, den ich nicht mehr brauchte, dort abgestellt hatte. Ich könnte die zweite Wohnung abtrennen und mir würde nichts fehlen.

Und genau dort fand ich Hanne. Sie erklärte gerade einer zweiten Person: »Es ist eine Verschwendung. Er hat so eine riesige Wohnung und weiß nichts damit anzufangen und ich hause zusammen mit Janis in zwei kleinen Zimmern.«

Ja, dem war so. Und ich fand das nicht ungerecht. Ich war mehr als doppelt so alt wie sie, hatte ein Leben lang in einem gut bezahlten Job gearbeitet. Ich konnte es mir leisten. Leider ist es nun mal so in unserer Gesellschaft, dass die Alten in einer Zeit, in der sie es kaum noch brauchen, das Geld und die Mittel haben, die den Jungen am Anfang der Familienphase fehlen.

Ich fand Hanne in dem Raum, den ich einmal als Trainingsraum vorgesehen hatte, wo aber nur ein Ergometer und eine Kraftstation vor sich hinstaubten. Die Stimme der zweiten Person hatte ich nicht einordnen können, aber jetzt sah ich, dass es ihre Freundin Pia war.

Hanne hatte bei meinem Erscheinen gar keine Gewissensbisse, sondern ging eher zum Angriff über: »Ich zeige Pia gerade deine Wohnung. Es ist ungerecht, dass du so viel Platz beanspruchst. Pia braucht auch eine Wohnung, wenn sie jetzt ihren neuen Job annimmt.«

So ist das Leben. Sollte ich deswegen bestürzt sein? Ich überging Hannes Angriff. »Hallo Pia, hallo Hanne«, grüßte ich die beiden.

Pia war Hannes Stellungnahme sichtbar peinlich. Leise wiegelte sie ab. »Ich habe noch zwei Wochen Zeit. Da wird sich schon was für mich finden.«

Ich überhörte auch das. »Du kannst Pia gern meine Wohnung zeigen, auch die Zimmer, die ich nutze. Nur lasst mir das Bad, ich möchte mich etwas frisch machen.«

Damit verließ ich die beiden und ging ins Badezimmer zum Duschen.

Nur mit einem Handtuch um die Hüften huschte ich danach in mein Schlafzimmer, um mir frische Wäsche zu holen.

Mit dem Anblick, der sich mir dort bot, hatte ich nicht gerechnet.

Hanne stand am Fenster, Pia lag mit gespreizten Beinen und weit ausgestreckten Armen auf meinem großen Bett. »Wow ist das geil! Hier haben mehr als zwei Leute Platz. Hier kann man Orgien feiern.«

»Es gehört sich nicht, mit Straßenklamotten in fremde Betten zu liegen. Wer auch immer in mein Bett kommt, sollte nackt sein!«, rügte ich trocken.

Pia richtete sich erschrocken auf. Einen Augenblick lang zögerte sie. Dann zog sie ihr leichtes Sommerkleidchen aus. Sie schien nicht viel von Unterwäsche zu halten. Wie schon das letzte Mal war sie darunter nackt.

Und nackt legte sie sich wieder auf mein Bett und rekelte

sich in den Kissen. »Das kannst du gern haben.«

Das hatte ich nicht erwartet, heute eine nackte Frau im Bett zu haben. Aber wer wäre ich, wenn ich eine solche Gelegenheit vorübergehen lassen würde? Überhaupt eine solche Frau. Sie war kein dürrer Hungerhaken, der sich für eine Model-Castingshow kasteite. Sie hatte kräftige Schenkel, ein breites, gebärfreudiges Becken und wunderschöne, mächtige, weiche Möpse. Ja, ihr Mund lud zum Küssen ein, aber noch mehr ihre umwerfend hübschen Brüste. Eine Gerade ist die kürzeste Verbindung zwischen zwei Punkten, aber die schönste und sexy Verbindung sind Kurven, geile weibliche Rundungen.

Ich ließ das Handtuch fallen und legte mich nackt neben sie. »Dieses Bett ist viel zu schade, um allein darin zu liegen.«

Auf der Seite liegend, betrachtete ich die Frau neben mir. Für sie war es anscheinend ganz normal, mit einem nackten Mann im Bett zu liegen. Ihr Atem ging leicht und gleichmäßig, ihre Brüste hoben und senkten sich in gleichmäßigem Takt. Ihre Brüste zu übersehen, war gar nicht so einfach. Sie weckten den Wunsch in mir, diese Riesendinger in Händen zu halten, zu liebkosen und zu streicheln, mit meinen sehnsüchtigen Lippen zu liebkosen.

Vorsichtig streckte ich meine Hände aus und griff dann sanft, aber entschlossen zu. Ich begann, meine Finger sachte über ihre mächtigen Titten gleiten zu lassen.

Pia machte keine abwehrende Bewegung. Also konnte ich diese großartigen Möpse wohl ruhig noch ein wenig länger und ausgiebiger betasten. Herrlich prall und fest waren diese geilen Euter und richtig griffig. Minutenlang beschäftigte ich mich genüsslich mit ihnen. Wog sie freudig in den Händen, streichelte und massierte sie. Mal ganz sanft und zärtlich, dann wieder eher fest und fordernd. Es amüsierte mich, dass die

Brustwarzen in Windeseile hart wurden und sich gleichzeitig auf den Vorhöfen eine Gänsehaut bildete.

Pia blieb ruhig, anscheinend gefiel ihr die Art und Weise, wie ich ihre Brüste bearbeitete. Ein leises Summen, ein behagliches Schnurren ermutigte mich, weiterzumachen.

Während ich genüsslich ihre Fleischberge knetete und von Zeit zu Zeit mit meinen Lippen an den diese krönenden harten Nippeln spielte, fiel mein Blick nach unten auf ihre langen Beine und ihre rasierte Spalte, die dazwischen herauslugte. Ich war mir unschlüssig. Sollte ich? Sollte ich nicht?

Pia nahm mir die Entscheidung ab. »Lass das Geplänkel! Ich will mehr von dir«, sagte sie und erhob sich. »Das letzte Mal hast du nicht meine Titten, sondern meine Muschi mit deiner Zunge verwöhnt. Und das tat richtig gut.« Sie kniete sich über meinen Kopf und hielt ihre rasierte Spalte vor mein Gesicht. »Das könntest du jetzt auch machen.«

Das war eine Aufforderung, der ich gern nachkam, und so verwöhnte ich nun ihre Möse. Ich wollte sie lecken. Wollte mehr von ihren Geilsäften schmecken. Diese direkt aus Pias saftiger Pflaume lutschen. Mein Kopf beugte sich vor, stülpte sich über ihre Schamlippen, saugte sich daran fest. Dann zog ich meine Zunge genüsslich durch die geile Spalte, ließ sie tief in der nassen Grotte rotieren, schleckte wie von Sinnen und knabberte an ihrem Lustknöpfchen. Nichts hätte mich in diesem Moment davon abhalten können, damit weiter und immer weiterzumachen.

Ein heißes Summen raste durch Pias Körper, während mein Zungenlappen durch ihre Furche pflügte. Das sanfte abwechselnde Saugen an ihren inneren Schamlippen, die Art, wie meine Zunge immer wieder ihren Lustschalter betätigte, die zärtlich fordernden Küsse auf den Eingang zu ihrem Heiligtum, das sachte, aber eindringliche Schlecken an und in ihrer saftigen Pflaume – all das ließ Pia erneut regelrecht Sterne sehen.

Pias Gesäß war nun mitten über meinem Kopf. Ich konnte nicht viel sehen außer ihrem wohlgerundeten Bauch, der vor meinen Augen hing. Aber sie musste mit meinen Leistungen zufrieden sein. Ihre Hand war unter meinem Kopf und stützte ihn leicht, damit ich besser an ihre Lustspalte kam. Ich stellte mir vor, dass sie die Augen halb geschlossen hatte und mit einem leisen Lächeln meine Dienste genoss.

Vollkommen vertieft in mein Tun, bekam ich erst jetzt mit, dass Hanne sich zwischen meine Beine gekniet hatte und meinen kleinen Freund in den Mund nahm, um mich ein wenig zu lecken. Sie hatte eine Art, einen Schwanz zu verwöhnen, die unvergleichlich war. Ihre Zunge streifte um mein Bändchen. Mit ihren Lippen knabberte sie an der Spitze meiner Eichel, ehe sie diese im Mund versenkte. Sie öffnete ihren Mund etwas und kreiste mit ihrer nassen Zunge ein paarmal um meinen Freudenspender.

Dann nahm sie ihn wieder heraus und bediente mich mit der Hand. Mit ihren Fingern umschloss sie meinen harten Pint, ihr Daumen bildete mit dem Zeigefinger einen geschlossenen engen Cockring, mit dem sie meinen Schaft entlangrutschte. Die zweite Hand griff mir an die Eier, knetete sie sanft, hob sie an. Dann spürte ich wieder ihre Zunge an meinem Sack und wie sie den ganzen Schaft hoch weiterleckte, um schließlich wieder ihren Mund über die feuchte Spitze zu stülpen. Das ganze Spiel von vorn und noch einmal und noch einmal. Ihr Kopf bewegte sich immer schneller vor und zurück.

Sie war gut, sehr gut sogar, nicht ein einziges Mal spürte ich ihre Zähne. Es war so geil und erregend, ich hätte schon jetzt in ihren Mund abspritzen können, aber ich versuchte, mich zurückzuhalten. Ich wollte mein geiles Erlebnis mit zwei Frauen nicht vorzeitig beenden.

Dafür beendete Pia meine Leckorgie. Sie stieg von meinem Kopf und kniete sich neben Hanne. Sie beugte sich vor, um sie in ihren Bemühungen zu unterstützen. Zwei Frauenmünder, zwei Zungen kümmerten sich jetzt um mein bestes Stück, züngelten meinen Schaft entlang. Abwechselnd wurde ich von Hanne und Pia verwöhnt.

Leider ist er nicht so groß, dass er Platz für zwei bietet. Pia entschied den Kampf um meinen harten Schniedel für sich. Hanne ließ sich abdrängen oder vielmehr nahm sie jetzt den Platz ein, den vorher Pia innehatte, und kniete sich über meinen Kopf, sodass sie Pia beobachten konnte, die sich weiterhin um meinen harten Schwanz kümmerte. Mit ihrem buschigen Bären rieb Hanne mir über Nase und Mund. Meine Zunge befand sich zwischen Hannes feuchtem Gestrüpp, an einem Kitzler, der inzwischen kirschgroß geworden war.

Pia richtete sich auf und führte meine stramme Latte in ihre heiße, nass geleckte Muschi ein. Für mich war es der Himmel auf Erden, auch wenn ich unter den beiden Frauen lag. Mein Schwanz fühlte sich wohl in Pias feuchtheißer Grotte, wie sie mich ritt. Meine Zunge genoss Hannes geile Fickspalte und mit jedem Atemzug sog ich ihre brunftigen Sexualgerüche in mich auf. Ich war ganz Mann und genoss die Sinneseindrücke, die ich erleben durfte.

Allerdings schien es mir, dass die beiden Frauen nicht so sehr daran interessiert waren, mir Freude zu gewähren. Ich spürte, wie sich Pia vorbeugte und Hanne die Bewegung erwiderte. Offenbar küssten sich die beiden Frauen, begannen, sich gegenseitig zu verwöhnen. Spielten mit ihren Zungen an den Lippen der anderen. Ich hörte ein leichtes Schmatzen und Hanne stöhnte hörbar auf. Pia begann wohl, an den Brüsten ihrer Freundin zu saugen, sie mit den Händen zu kneten und zu verwöhnen. Was hätte ich dafür gegeben, dem lesbischen

Spiel der beiden Frauen zuzuschauen. Sicher nicht in meiner jetzigen geilen Stellung, die Nase in der Arschfalte, die Zunge am Eingang zur Lusthöhle. Hannes geile Lustsäfte, die direkt in meinen geöffneten Mund flossen. Und mein Schwanz in Pias feuchter Grotte. Um ehrlich zu sein, es war zu viel für meine alten Tage. Mein Schwanz pumpte und spritzte seine heiße Ladung fruchtbarer Spermien in Pias gebärfreudiges Becken.

Die beiden hatten auch gemerkt, dass ich meinen Orgasmus in Pia entladen hatte, und fielen einfach um. Mein Schwanz ploppte aus Pias Spalte und Hanne gab meinen Kopf frei. Ich wand mich unter ihren Beinen hervor. Die beiden kümmerten sich nicht mehr um mich, lagen nebeneinander, schauten sich in die Augen und kraulten sich gegenseitig die Titten. Ich war jetzt solo und uninteressant. Ihre unermüdlichen Hände kneteten die Brüste der anderen und ihre Lippen liebkosten die Zitzen.

Pia war die Erste, die sich aus den Liebkosungen ihrer Partnerin wand. Sie drehte sich ein wenig und ihr Mund wanderte hinunter zwischen Hannes Beine. Sie setzte das fort, was ich begonnen hatte, und leckte Hannes haarigen Bären.

Im Gegenzug drehte sich Hanne zu Pias Lustspalte. Da sie keine störenden Haare hatte, sah ich, wie meine Ficksahne langsam aus ihrem Loch herausquoll. Hanne beugte sich hinunter und leckte alles auf, meinen weißen Schleim und Pias nasse Ficksäfte.

Ich hörte nur das Schlürfen und Schmatzen der beiden ineinander verwobenen Frauen. Zuerst zog sich Hannes Körper immer wieder krampfartig zusammen und fast gleichzeitig setzte auch bei Pia der Orgasmus ein. Immer noch leckten sie weiter das Geschlecht ihrer Freundin, schoben ihre Finger in den engen Vaginalkanal. Und ich sah die zuckende Masse der ineinander verwobenen Frauenkörper.

Erschöpft, aber zufrieden ließen sich die beiden auf den Rücken fallen. Sie richteten sich auf und schauten mich an, als würde ihnen erst jetzt bewusst, dass ich auch noch da war.

»So was gab es noch nie in meinem Bett«, stellte ich anerkennend fest.

»Kann ich mir denken«, meinte Hanne. »Du hättest auch zwei Weiber vögeln können.«

»Na und? Es ist ja auch mein Bett. Bist du etwa neidisch?«, versuchte ich sie aufzuziehen.

»Och, so kann man das nicht sagen«, erwiderte Hanne süffisant. »Pia hat mich toll geleckt. Sie hat zwar gesagt, dass du ein hervorragender Lecker bist, ein Zauberkünstler mit deiner Zunge. Aber im direkten Vergleich war es mit Pia viel schöner.« Dann stand Hanne auf und ging ins Badezimmer.

Pia versuchte, mich zu trösten. »Ich finde immer noch, dass du sehr gut leckst. Und dein harter Schwanz ist auch nicht zu verachten.« Sie beugte sich zu mir und gab mir noch einen freundschaftlichen Kuss.

Um die sexuelle Spannung etwas herauszunehmen, schnitt ich ein anderes Thema an, das noch unbeantwortet geblieben war. »Du ziehst auch hierher?«

»Ja«, war Pias kurze Antwort.

»Du hast noch keinen Platz. Ich meine, du könntest übergangsweise in meinem Gästezimmer bleiben, wenn sich noch nichts aufgetan hat.«

Pia beugte sich noch einmal zu mir und gab mir einen Kuss auf die Lippen. »Das ist lieb von dir.«

»Dann kannst du ihn jeden Abend ficken. Du magst doch den alten Knacker und er steht auf so kahle Muschis wie deine.« Hanne war wieder vollkommen bekleidet aus dem Bad gekommen. Sie hatte wohl die letzten Sätze unserer Unterhaltung mitbekommen und daraufhin ihren sarkastischen

Kommentar losgelassen.

Von meiner Warte aus hatte sie gar nicht mal so unrecht. Meinetwegen müsste Pia nicht im Gästezimmer schlafen. Ich hätte auch nichts dagegen, die Nächte mit ihr in meinem Bett zu verbringen. Trotzdem fand ich Hannes Worte unangemessen, aber ehe ich etwas sagen konnte, war sie aus dem Zimmer und wir hörten die Wohnungstür zuknallen.

»Das wird schon wieder«, meinte Pia und zog sich nun auch an. Diesmal gab es kein Küsschen zum Abschied.

***

Die nächsten zwei Wochen sah ich Hanne kaum. Sie kam zwar, um meine Wohnung in Ordnung zu halten, aber ich hatte den Eindruck, dass sie absichtlich Zeiten wählte, zu denen ich nicht zu Hause war. Und falls wir uns wirklich mal sahen, war sie höflich, aber kurz angebunden und ging jeder längeren Konversation aus dem Weg.

Dann rief Pia bei mir an. Sie hatte keine Wohnung gefunden und fragte nach, ob das Angebot mit dem Gästezimmer immer noch stehe. Natürlich stand ich zu meinem Wort.

Zwei Tage später kam sie mit einem Auto voller Kartons und Koffer. Ich half ihr, alles in den fünften Stock in meine Wohnung zu schleppen.

»Lass uns auf deinen Einzug anstoßen!«, schlug ich vor, als wir alles verstaut hatten. »Ein Glas Sekt auf unsere gemeinsame WG?«

»Mir wäre ein Glas Wasser und dann ein Tasse Tee lieber.«

Okay, dann blieb die Flasche, die ich kühl gestellt hatte, im Kühlschrank. Es würde sich schon noch eine Gelegenheit finden.

Ich ging in die Küche und bereitete den Tee zu. Als ich ihn im Wohnbereich am Sofa servierte, saß Pia ziemlich verspannt auf dem Polster. Ich stellte mich hinter sie und massierte ihre

Schultern. Ich dachte, das viele Schleppen hätte sie müde gemacht, aber sie bedrückte etwas anderes.

»Was ist denn mit Hanne los?«, wollte sie von mir wissen.

»Keine Ahnung. Sie macht ihren Job, geht mir ansonsten aber aus dem Weg. Wart ihr denn noch mal zusammen?«

»Ich hab ein paarmal versucht, sie anzurufen«, antwortete Pia, »aber sie hat nie abgenommen. Und auf die Nachrichten, die ich auf die Mailbox aufgesprochen habe, hat sie nicht geantwortet. Das Weib hat mal wieder ihre Tage.«

»Hat sie öfter solche Anwandlungen?«

»Ich glaube, sie ist untervögelt. Früher hatte sie alle naslang Sex, aber seit ihr Sohn geboren ist, will sie nichts mehr von Männern wissen. Wenn, dann waren es nur One-Night-Stands.«

»Oder One-Man-Two-Woman-Stand«, warf ich leichtsinnigerweise leise ein.

»Was?« Pia sah mich an.

»Ach, nichts!«, tat ich es möglichst unauffällig ab und setzte mich neben sie.

Schweigend nippten wir an unseren Tassen.

»Wie kommst du darauf, dass mit Hanne was ist?«, fragte ich nach einer Pause. »Hat sie Liebeskummer?«

»Weiß ich nicht! Bei jeder anderen Freundin würde ich sagen ›Ja‹, aber Hanne hat den Männern, was eine langfristige Beziehung betrifft, abgeschworen.«

»Es muss nicht unbedingt ein Mann sein, in den sie sich verliebt hat«, wandte ich leise ein.

Pia schaute mich mit offenem Mund an. »Das meinst du nicht ernst«, entfuhr es ihr.

»Guck nicht so! So wie sie sich uns gegenüber verhält?«, versuchte ich zu erklären. »Seit wir zusammen im Bett waren, ist sie so komisch. Sie geht uns aus dem Weg. So, als wollte sie uns nicht stören. Aber trotzdem kann sie nicht von uns lassen. Sie kann sich nicht zwischen Nähe und Distanz entscheiden. Ich bin ein alter Knacker. Du glaubst doch nicht, dass ich bei einer jungen Frau wie Hanne landen kann. Also bleibt nur noch …« Ich vollendete den Satz nicht.

»Ach du Scheiße! Du meinst, sie hat Feuer gefangen, als wir zusammen auf dem Bett lagen?«

»Kann schon sein«, meinte ich grinsend. »Ihr wart ja total weggetreten und ineinander verknotet.«

»Aber ich habe doch nur kurz einmal ihre Muschi geleckt?«, zweifelte Pia.

»Na und? Jedenfalls ist sie dabei ganz ordentlich gekommen. Erinnerst du dich, sie hat gesagt, du warst viel besser als ich.«

Ich konnte es nicht glauben, ich war immer noch verletzt, weil ich beim Leckwettbewerb nur den zweiten Platz gemacht hatte. Doch meinetwegen hatte Hanne sicher keinen Liebeskummer, es sei denn, sie glaubte, dass etwas zwischen mir und Pia lief.

Das sagte ich auch Pia. »Vielleicht denkt Hanne, dass zwischen dir und mir etwas läuft. Aber das ist doch lächerlich. Ich bin mehr als doppelt so alt wie du«, überlegte ich laut.

»Warum nicht? Ich hatte schon öfter älter Männer.«, erzählte Pia aus ihrem Leben. »Und so schlecht bist du mit deiner Zunge auch nicht«, ergänzte sie. »Außerdem braucht ihr alten Säcke länger als die jungen Spritzer. Da hat Frau mehr davon.«

Okay, das war also der Vorteil der senilen Erektionsverzögerung. Und so, wie sie das sagte, machte ich mir Hoffnung, dass wir heute Abend im gleichen Bett einschlafen würden. Ich hatte zwar nicht damit gerechnet, wollte es aber nicht ausschließen und die Hoffnung aufgeben.

Ich legte einen Arm um sie und sie eine Hand in meinen Schoß. Es war ziemlich komisch, so mit einer Frau auf dem

Sofa zu sitzen, die meine Tochter sein könnte. Das wussten wir beide.

Pia machte dann den ersten Schritt. Sie zog ihren Pulli aus und öffnete meine Hose, um den Kleinen ins Freie zu lassen. »Ich glaube, es wird Zeit, es uns bequem zu machen«, kommentierte sie ihre Aktivitäten. Sie schob den Couchtisch etwas zur Seite und rückte von mir weg.

Was kommt denn jetzt?, dachte ich noch, da hatte ich schon ihren Kopf im Schoß.

Ich spürte, wie sie meinen Schniedel in den Mund nahm, aber nicht, um ihn zu blasen, sondern mehr, um damit zu spielen. Sie leckte ein wenig hier, ein wenig da, wichste ganz langsam.

Ich streichelte dabei ihre Brüste und wühlte in ihren langen Haaren, die meinen Bauch kitzelten. Ich kraulte ihren Nacken und ließ meine Hand den Rücken hinunter auf Wanderschaft gehen. Doch bis zu ihrem Jadetor kam ich nicht, dafür war sie zu weit weggerückt. Es wäre ein Leichtes für sie gewesen, etwas höher zu rutschen, aber offensichtlich wollte sie nicht. Sie wollte ein langes Vorspiel oder erst einmal mich verwöhnen. Oder beides. In jedem Fall konnte sie es haben, ich würde genießen, was sie mir zu bieten hatte.

Ihre Zunge glitt mal über mein Bändchen, mal durch die schmale Öffnung an der Penisspitze. Dann küsste sie den Schaft, kraulte meine Eier, leckte über das Pisslöchlein. Nie nahm sie ihn so weit in den Mund, dass ich hätte kommen können. Sie hielt die Betriebstemperatur verdammt hoch, aber zum Überkochen würde das niemals reichen.

Endlich krümmte sie sich ein wenig, dass ich endlich einen Finger in ihre inzwischen patschnasse Muschi bekam. Aber weiter, als meine Fingerspitze leicht zu bewegen, kam ich nicht.

Dann stand sie auf und zog sich komplett aus. Worauf

ich antwortete, indem ich mich ebenfalls meiner Kleidung entledigte.

Mit den Worten »Na, dann lass mal sehen!« brachte sie sich wieder in ihre ursprüngliche Position. Nur dass sie diesmal aus dem Spiel Ernst machte und mir die Latte blies, dass mir Hören und Sehen verging. Sie brachte es tatsächlich fertig, dass ich mich in ihrem Mund ergoss.

Zufrieden mit ihrer Leistung schaute sie mich an, schluckte alles herunter und leckte mich sauber, bis mein Kleiner erschlafft und traurig vor ihrem Gesicht hing.

»Kein Wunder, dass Hanne dir nachtrauert!«, stöhnte ich, »wenn du eine Muschi genauso leckst wie meinen Schwanz, gebe ich mich gern geschlagen.«

»Eifersüchtig?«

»Ich? Niemals!«, sagte ich im Brustton der Überzeugung.

»Na, dann reich mir mal meine Handtasche, bitte!«

Ich gab sie ihr und Pia kramte grinsend einen Glasdildo hervor. »Du kannst ja eh nicht mehr, oder?«

Rein rhetorische Fragen beantworte ich grundsätzlich nicht.

Pia lehnte sich an mich, schob sich den Dildo in ihre feuchte Pussy und begann, sich leise schnurrend selbst zu befriedigen.

»Hey!«, beschwerte ich mich. »Das ist unfair! So sehe ich ja gar nichts.«

»Stimmt!«, fiel ihr auch auf. »Soll ich mich anders hinlegen?«

»Nein, bleib so und ich setze mich zu deinen Füßen!«, schlug ich vor.

Gesagt, getan. Sie legte einen Fuß hinter meinen Rücken, einen auf meine Beine. So hätte ich bis in ihre Gebärmutter sehen können, wäre der verdammte Dildo nicht im Weg gewesen.

Es zeigte sich, dass Pia wirklich keine Hemmungen kannte. Sie masturbierte mit dem Dildo, als wäre es das Selbstverständlichste der Welt, dass ich ihr dabei zusah. Ihre Finger glitten über ihre Klit, sie leckte an ihren Zitzen, biss hinein, stöhnte unverschämt laut und geil. Immer wieder sah sie mich dabei an, sich vergewissernd, dass ich auch ja alles mitbekam.

»Tust du mir einen Gefallen?«, fragte sie mich plötzlich.

»Immer.«

»Steck mir einen Finger in den Arsch!«, forderte sie mich zu meiner Überraschung auf.

Ich fragte mich, ob sie nicht zu trocken für eine solche Aktion war, aber wie sich zeigte, war genug Mösensaft Richtung Anus geflossen. Sie entspannte sich wie auf Befehl, sodass ihr Ringmuskel verblüffend schnell nachgab. Ich konnte ihren Dildo hinter der Scheidenwand fühlen, wie er immer schneller ein- und ausgeführt wurde.

»ja. Ja. JA. Jetzt!«, japste sie und sah mich dabei mit verschleierten Augen an.

Ich wartete, bis sie sich entspannte, dann nahm ich ihr den Dildo aus der Hand und leckte ihn ab. »Nichts umkommen lassen!«, murmelte ich und sie grinste mich dreckig an.

»Lass uns ins Bett gehen!«, forderte sie mich auf. »Ich möchte mit dir kuscheln.«

Zu mehr war ich auch nicht mehr fähig.

**

Am nächsten Morgen weckte mich nicht die Sonne, sondern das Klingeln an der Wohnungstür. Wir hatten lange geschlafen und Pia kuschelte sich noch immer an meine haarige Brust.

»Wir kriegen Besuch«, versuchte ich, sie zu wecken, erntete aber nur ein verschlafenes »Schick ihn weg. Ich will mit dir kuscheln.«

Ich befreite mich von ihr, zog meinen Bademantel über und öffnete die Tür.

Hanne stand da und schaute mich verdattert an. »Bisschen spät für den Bademantel, oder?«

162

»Kommt darauf an«, erwiderte ich und bat sie herein. »Frühstück?«, fragte ich.

»Hab ich schon. Aber gegen einen Kaffee hätte ich nichts einzuwenden.«

Ich begann, den Tisch zu decken, für drei.

»Hast du Besuch?«, wunderte sie sich.

»Frag sie selbst. Pia steht hinter dir.«

Pia war aufgetaucht und stand mit wirren Haaren und ansonsten unbekleidet in der Tür.

»Oh!«, entfuhr es Hanne. »Hab ich euch gestört?« Ihre Augen wurden leicht wässrig.

»Nein«, erwiderte Pia sanft, die die Situation mit einem Blick erfasst hatte, wie es wohl nur eine Frau kann. »Ich habe mir nur ein wenig Zärtlichkeit abgeholt. Es hat nichts zu bedeuten.«

»Ach so!«, schniefte Hanne, und ich hätte mich ihr anschließen können. Nur ein wenig Zärtlichkeit, hat nichts zu bedeuten, zumindest nicht für die beiden Frauen.

Pia stellte sich hinter Hanne und streichelte über ihre Locken. Hanne presste ihren Kopf in Pias Bauch.

»Wie lange kennen wir uns jetzt?«, fragte Pia.

»Über fünfundzwanzig Jahre!«, antwortete Hanne.

»Und jetzt hast du dich in mich verliebt, ja?«

»Ja.«

Ich staunte über die Entwicklung und wie einfach so ein Dialog sein konnte. Nichts mit hinknien und Liebesschwüren oder so.

Pias Hände glitten tiefer zu Hannes Busen. Nein, nicht zum Anbaggern, einfach so.

»Lasst uns frühstücken, ja?«, warf ich ein.

Zu einem richtigen Frühstück kam nur ich. Die beiden Frauen hielten sich mehr an den Händen und schauten sich tief in die Augen. Nach einer halben Stunde hatte Pia ein

Viertel Brötchen verzehrt und Hanne war immer noch bei ihrer ersten Tasse Kaffee.

Mir wurde es langsam langweilig. »Hört mal, ihr beiden«, meinte ich, »warum geht ihr nicht einfach ins Bett und klärt eure Probleme da?«

»Typisch Mann!«, antworteten beide unisono. »Wollen immer alle Probleme im Bett lösen.«

»Warum nicht? Darum geht es doch gerade bei euch, oder?«

»Vordergründig ja. Aber das verstehst du nicht!«, antwortete Hanne.

»Und hintergründig?«

»Gehen wir jetzt ins Bett!«, bestimmte Pia. Hanne sah sie groß an.

»Lass es uns gemütlich machen! Wir müssen ja nicht gleich miteinander schlafen.«

Doch als ich das Frühstück weggeräumt hatte und ins Schlafzimmer ging, um mich anzuziehen, lagen die beiden schon Bauch an Bauch verdreht nebeneinander und verwöhnten sich gegenseitig die Muschis. So eine frische junge Frauenmöse ist natürlich etwas ganz anderes als der Schniedel eines Mannes, der stark auf die sechzig zugeht. Also blieb ich in der Türe stehen und sah ungeniert zu, wie Hanne Pias Spalte leckte. Meine Position hatte etwas: Ich konnte Pias nackte Muschi direkt und Hannes behaarte Pussy im Spiegel des Kleiderschranks sehen. In beiden Fällen schleckte eine spitze Frauenzunge durch die feuchte Furche der anderen.

Pia war gnadenlos und wohl die erfahrenere Mösenschleckerin. Ihr Mund war von Fotzenschleim verschmiert, der unaufhörlich aus Hannes Spalte herausquoll. Pia brachte Hannes Muschi zum Kochen. Sie quiekte, stammelte, stöhnte vor Lust.

Als wieder Ruhe eingekehrt war, rollte sich Pia von Hanne, die schwer atmend dalag: »Das kannst du öfter mit mir machen.«

»Dann brauchen wir aber das große Bett«, lächelte Pia. »Frag mal Herbert, ob es ihm etwas ausmacht, ab sofort im Gästezimmer zu schlafen!«

»Würdest du das?«, wandte sich Hanne an mich. Ich nickte nur. »Ach, und wenn du gehst«, fügte Hanne an, »dann hol doch bitte Janis vom Kindergarten ab und mach mit ihm einen langen Spaziergang. Wir sind hier noch eine Weile im Bett beschäftigt.«

Mit einem Mal war alles anders. Ich freute mich für die beiden und nahm gar nicht wahr, dass sie nicht nur das Bett besetzt hatten, sondern meine ganze Wohnung.

Von da an schlief ich im Gästezimmer. Pia nahm eins der leeren Zimmer in Beschlag und Hanne das andere, obwohl beide die Nächte meist in meinem großen Bett verbrachten. Ich brachte Janis morgens in den Kindergarten und wenn er weg war oder schlief, durfte ich den beiden Frauen zuschauen. Dann ließen sie mich auch eine Muschi lecken und gaben meinem besten Stück einen Kuss, einen langen Kuss mit ihren heißen Lippen.

BENUTZ MICH!
DIE SCHLAMPE DES MALERS

Jeannie betrat den Supermarkt, während ihre Gedanken um den morgigen Tag kreisten, an dem ihr nächstes Vorstellungsgespräch bevorstand. Sie brauchte unbedingt eine weitere Einnahmequelle, um ihren selbst verschuldeten Kredit abzahlen zu können.

Als sie um die Ecke bog, stieß sie fast mit einem Mann zusammen, dessen dunkle Augen sie sofort aus ihren Überlegungen holten. Er! Es war Pierre, der Künstler, in dessen Atelier sie vor einigen Wochen einen Nebenjob begonnen hatte. Doch schon am ersten Tag hatte sie versehentlich seine Leinwand mit Farbe ruiniert und war gefeuert worden.

Trotz des Vorfalls ließ die Erinnerung daran ihre Knie weich werden. Pierre war an diesem kurzen Nachmittag stets von hinten so nah an sie herangetreten, dass sie sein strammes Gemächt gespürt hatte. Er hatte es geschafft, durch seine forsche Art ihre verdorbenen Fantasien zu wecken. Sie hatte gleich gewusst, dass es trotz dieser plumpen Kündigung nicht ihr letzter Kontakt gewesen war.

»Jeannie, was für ein Zufall!«, sagte Pierre mit einem verführerischen Lächeln. »Ich habe gerade an dich gedacht.«

Sie errötete und stammelte eine Entschuldigung für das Malheur mit der Leinwand, doch Pierre unterbrach sie. »Vergiss die Leinwand! Du kannst es wiedergutmachen, wenn du willst.«

Seine Worte ließen ihr Herz schneller schlagen. »Wie meinst du das?«

»Komm heute Abend in mein Atelier. Ich habe etwas mit dir vor.«

Jeannie zögerte, aber die Aussicht, Pierre wiederzusehen, ließ sie zustimmen.

**

Als sie am Abend das Atelier betrat, führte Pierre sie in ein separates Studio. Ihr Blick fiel auf allerhand Equipment: Handschellen, Peitschen und Knebel. Ihr Herzschlag beschleunigte sich. Längst war das Kribbeln zwischen ihren Schenkeln wieder da. Sie schluckte und ihre Kehle fühlte sich staubtrocken an.

»Zieh dich aus!«, befahl Pierre ohne Umschweife und der strenge Ton und forsche Blick aus seinen blauen Augen ließen sie förmlich erzittern. Sie zögerte. So direkt? Sollte sie sich darauf einlassen? Aber war sie ihm nicht längst verfallen? Sie spürte, wie sich ihre Knospen erhärteten. Etwas befangen zog sie ihr weißes Shirt über den Kopf.

Sein Blick zeigte Ungeduld. »Schneller!«

Beinahe verklemmt wich sie seinem Blick aus und starrte auf sein pechschwarzes Haar, obwohl ihr nicht entgangen war, dass sich seine Warzen unter seinem weißen Hemd stark abzeichneten und sein Schwanz unter seiner dunklen Hose bereits ordentlich zuckte.

Er starrte auf ihren vollen Busen. Es kostete sie Überwindung, ihren zarten weißen Spitzen-BH zu öffnen. Was tat sie hier? Doch sie nahm die Herausforderung an, strich die Spitze von ihrem Körper und ließ sie fallen.

Pierre starrte auf ihr dralles Fleisch mit den knüppelharten dunklen Warzen und seufzte kaum hörbar. »Auch deinen Rock und dein Höschen!«

Seine Stimme weckte auch in ihr eine wohlige Ungeduld. Jeannies Finger wollten ihr zunächst nicht gehorchen, doch dann öffnete sie ihren schwarzen Rock und rollte ihn regelrecht samt ihrem Slip herunter, sodass sich ihre bis auf einen dünnen Streifen Schambehaarung rasierte Möse entblößt präsentierte.

Pierre musterte sie von Kopf bis Fuß. Seine Augen blieben an ihrer rasierten Muschi hängen. »Dreh dich um!«, sagte er noch forscher und schaffte es, Jeannie durch seinen Befehl komplett zu elektrisieren.

Sie drehte sich langsam um und bemerkte dabei, wie er versuchte, einen Blick auf ihre feuchte Spalte zu erhaschen.

Pierre trat näher. Er berührte ihre Schultern, ließ seine Hände über ihren Rücken gleiten, bis er ihre Arschbacken erreichte. Er knetete sie fest, zog sie auseinander und ließ Jeannie kaum hörbar aufstöhnen. Sie spürte, wie sein Schwanz hart gegen ihren Arsch drückte und pochte.

»Bück dich!«, befahl er. Jeannie beugte sich über den Bettpfosten und stützte sich auf den Händen ab. Pierre trat hinter sie. Er löste den Gürtel seiner Hose. Jeannie hielt die Luft an.

Er zog den Gürtel durch ihre Beine! Und er hatte mehr vor. Er befestigte den Gürtel an ihren Handgelenken und zurrte ihn fest zusammen. Dann zog er ihre Arme nach oben, bis sie auf Zehenspitzen stand und ihre nasse Fotze nur so zuckte.

»Beweg dich nicht!« Pierre holte eine Peitsche hervor. Oje! Worauf hatte sich Jeannie nur eingelassen? Er ließ die Peitsche durch die Luft sausen und traf ihren Arsch.

Jeannie zuckte zusammen. Der Schmerz ließ sie aufschreien, aber gleichzeitig spürte sie, wie ihre Geilheit wuchs. Pierre schlug wieder zu, diesmal auf ihre andere Arschbacke. Jeannie stöhnte laut auf, ihr Körper bebte vor Lust und sie war selbst überrascht über sich, dass diese ungewohnte Behandlung sie ungemein erregte.

Pierre legte die Peitsche beiseite und trat näher. Endlich! Er spreizte zart ihre Schenkel und strich mit seinen Fingern über ihre feuchte Spalte. Ihre Gänsehaut konnte ihm nicht entgangen sein.

Gott! Ja! Er drang mit dem Finger in sie ein und ließ es nicht zu, dass sie seinem Blick auswich. Noch ein derber Stoß! Jeannie stöhnte auf. Nun gab es kein weiteres Vorspiel. Pierre fingerte sie hart und schnell. Arg platschte ihr nasses Loch und verriet, dass sie genau diese Behandlung brauchte. Fast hilflos sah sie ihn an. Ihre Beine wollten unter ihr nachgeben, ihre Hände wanden sich in ihren Fesseln.

Er blickte auf ihre strammen Warzen und stieß nun drei Finger gleichzeitig in sie. Jeannie schloss die Augen. Ihre dralle Brust hob sich schneller.

Nein! So schnell würde er sie nicht kommen lassen. Er zog seine Finger zurück und bestrafte Jeannies süße Enttäuschung mit einem fiesen Lächeln.

»Bitte!«, drang schwach aus ihr, doch er setzte seinen Fingerfick nicht fort.

»Nicht so schnell, meine Schöne! Du musst erst noch etwas für mich tun.«

Er trat vor sie. Jeannie hielt die Luft an. Er öffnete seine Hose und befreite seinen strammen Schwanz. Flüchtig fragte sie sich, ob er den Nebenjob in seinem Atelier nur angeboten hatte, um mehr als nur seine Muse zu finden.

Mhh! Jeannie blickte auf das pralle Gerät mit den strammen Adern, das bis auf das letzte Haar rasiert war.

Oje! Er hielt seinen harten Schwanz in der Hand und winkte ihr damit zu. »Blas ihn!«, befahl er und drückte Jeannie auf die Knie herunter. Gehorsam nahm sie ihre Position ein, während der Gürtel an ihren Händen nun etwas zwickte.

Ungeduldig drückte er seinen strammen Riemen gegen ihre Lippen. Jeannie öffnete den Mund. Pierre schob seinen Schwanz hinein, bis er ihre Kehle erreichte. Jeannie würgte, aber Pierre hielt ihren Kopf fest. Wie geil er zu ihr herabsah! Nun fickte er ihren Mund hart und bei jedem Eindringen versuchte er, sie tiefer aufzubohren, bevor er links und rechts deftig ihre Wange ausbeulte. Sein breiter Lümmel ließ ihre Mundwinkel fast reißen.

»Du machst das gut!«, knurrte er. Sie versuchte, durch die Nase mehr Luft zu bekommen, während er prall ihren Rachen füllte. »Ja, meine kleine Schlampe!«

Er zog an ihrem Haar und bescherte ihr keuchend einen noch herberen Mundfick. »Mhh, ja! Gleich!«

Er zog ihren Kopf nach hinten in den Nacken und nagelte sie nun fast senkrecht. Ihre Wangen waren längst von dem Speichel befleckt, den ihre Lippen bei jedem derben Stoß freigaben.

»Weißt du, wie man das nennt?« Ganz langsam zog er sein schmieriges Gerät aus ihr und ließ es auf ihrer Unterlippe trippeln. Was für eine pralle, tiefrote Eichel!

»Na?«, fragte Jeannie vorsichtig, bekam ihn aber schon wieder in die Röhre.

»Einweihen!«

In genau diesem Moment spürte Jeannie es und sein lauter, ächzender Atem erfüllte das Spielzimmer. »Oh ja!«

Er entlud sich und das direkt in ihre Kehle. Dabei presste er beide Hände auf ihre Wangen, damit sie seinen Schwanz nicht freigab, sondern die gesamte Ladung schluckte.

Jeannie war wie besessen davon, von ihm so erniedrigt und benutzt zu werden, und zugleich enttäuscht, dass er sich mit seinem Riemen nicht lieber ihre Muschi vorgenommen hatte.

Er zog seinen Lümmel aus ihr und vermischte seinen Samen mit ihrem Speichel, damit ihr Gesicht zusätzlich zur Farbe auch genug Saft abbekam.

Doch als er nun ihre Fesseln löste und sie packte, wusste sie, dass ihre Behandlung gerade erst begonnen hatte. Er stieß sie rücklings auf die Kommode vor dem Bett und spreizte barsch ihre Beine. Als wäre er noch immer kurz vor dem absoluten Höhepunkt, bückte er sich gierig herunter und riss förmlich ihre Schenkel auseinander.

»Ja, zeig mir deine nasse Fotze!«

Ihre wulstige Scham war geschwollen und gerötet. Er beugte sich vor. Leckte ganz zart über den so aufgedunsenen Kitzler.

»Mhh!«

»Ja«, gab er zurück und leckte schneller. Er drückte seine Zungenspitze in ihr Loch und nun machte er sich einen Spaß daraus, ihre Perle abwechselnd hastig wie ein Köter zu lecken und dann wieder mit seiner Zunge in ihr Loch zu stoßen.

Jeannie beugte sich vor und über ihn. Ihre Hände gruben sich in sein schweißnasses Hemd.

»Hiergeblieben!«, zischte er und leckte hastiger, während er nun wieder drei Finger in ihre Fotze stopfte und damit

170

heftig zustieß.

»Mhh!« Jeannie konnte die Welle nicht mehr aufhalten. Sie drückte seinen Kopf fest auf ihre Möse, bis sein ganzes Gesicht Druck darauf ausübte. Das hinderte ihn nicht daran, seinen Fotzenfick fortzusetzen, und sie kam mit einer unglaublichen Lawine, die dazu führte, dass sie ihr Becken ruckartig hob und erzitterte.

»Mhh, ja!«, flüsterte er und spuckte auf ihre feuchte Scham. Ihre milchige Brühe vermischte sich mit seinem Speichel. »Ich glaube, ich war erfolgreich.«

Jeannie lächelte beinahe beschämt über diesen gewaltigen Ausbruch und blickte an sich hinunter. Was für ein klebriger Anblick!

Er richtete sich etwas auf und schlug gegen ihre Titte. »Aber ich habe noch mehr mit dir vor. So ein ruiniertes Bild braucht schließlich mehr, um von mir vergessen zu werden.«

Jeannie runzelte die Stirn. Was hatte er mit ihr vor?

Pierre trat vor ein langes Wandregal, auf dem allerhand Sexspielzeug lag. Er griff nach einem verdammt breiten, fleischfarbenen Dildo. Die Furchen auf Jeannies Stirn wurden größer. Er hatte sie doch gerade bereits kommen lassen?

Doch genau mit diesem gewaltigen Teil trat er wieder vor sie, hockte sich hin und spreizte erneut ihre Schenkel. Sein fieses Lächeln bescherte Jeannie eine Gänsehaut.

»Schau mal!«, sagte er und drückte die fette Gummieichel auf ihren Kitzler, der noch immer so erhitzt war, dass sie erzitterte. Er wischte ihn von links nach rechts und ließ ihre klebrige Suppe geile Geräusche von sich geben. Dann schaltete er ihn ein.

Oje! Jeannie wand sich unter den Vibrationen auf ihrer Perle.

»Ja!«, ächzte er und prompt drückte er den Knüppel in ihre rutschige Fotze. Jeannie seufzte und wand sich, doch Pierre legte einen Finger auf seine Lippen und warf ihr einen mahnenden Blick zu. Er erhob sich wieder und holte einen zweiten Dildo!

Jeannie wagte nicht, sich unter seiner Musterung zu bewegen. Wie lange würde sie dem geilen Pulsieren standhalten können? Würde er einen zweiten Orgasmus heraufbeschwören, so kurz nach dem ersten?

Pierre bückte sich wieder. Er zog sie mit einem Ruck nach vorn, bis sie kaum noch auf der Kommode saß, und drückte den zweiten Dildo auf ihre enge Rosette. Er schaltete ihn ein und bereits das Kitzeln bescherte Jeannie einen wohligen Schauer.

»Rein damit!«, sagte er und drückte mit so viel Kraft, dass er es schaffte, ihr enges Fleisch zu dehnen. Er nahm beide Hände zu Hilfe, um das dicke Gummi ganz in ihren After zu drücken, während ihre Muschi bereits prall gefüllt war.

Jeannie blickte hinunter. Das war eine absolut neue Erfahrung für sie und sie spürte, dass Pierre es schaffte, ihre Muschi erneut so zu reizen, dass sie nach seinem echten Schwanz gierte.

Er beobachtete jede ihrer Regungen und wieder legte er einen Finger auf seinen Mund. Sie sollte sich nicht rühren. Er richtete sich vor ihr auf und blickte auf ihre gedehnten Löcher mit der verdammt breiten Kunstfüllung. Dann legte er seine Hände um seinen noch nicht ganz erschlafften Schwanz und schob die Vorhaut zurück, bis Jeannie auf seine klebrige Eichel schauen konnte.

Er begann, ihn zu wichsen! Oje! Er wollte eine schnelle Fortsetzung und sein Schwanz spielte mit, denn er nahm bereits wieder Form an und die dunklen Adern gewannen mehr und mehr an Fülle. Ja, was für ein geiles, platschendes Geräusch. So stetig und langsam!

»Fühlt es sich gut an?«, fragte er und seine Stimme ging fast in ein Knurren über. Er wichste schneller.

Und prompt zog er sie hoch. Er schob Jeannie voran, bis sie vor dem Bett stand, und warf sie begierig auf das Laken.

Sein ganzes Gewicht legte sich auf ihren Rücken, bis sie unter ihm gefangen war.

»Wie wäre es mit einem richtigen Schwanz?«

Noch ehe Jeannie antworten konnte, drückte er seine Zunge in ihren Mund und sie erwiderte sein heftiges Zungenspiel.

Er zerrte den Dildo aus ihrem Arsch. Was für eine Erleichterung!

Doch genauso hastig drückte er nun seine eigene pralle Eichel an ihre gereizte Rosette. »Hier hast du ihn«, flüsterte er und leckte über ihre Wange, während er mit viel Druck, aber verdammt langsam ihren Arsch wieder dehnte.

»Oh ja!«, keuchte er kaum hörbar und bohrte sich tiefer, während seine Hände ihren Arsch gefangen hielten. Er stützte sich darauf auf und gab ihr einen kräftigen Hieb.

»Ah!« Ein kurzer Schmerz durchfuhr Jeannie, aber es war ein geiler Schmerz.

Nun nagelte er ihren Arsch deftig und sorgte dafür, dass der Gummiknüppel in ihrer Fotze weniger Raum bekam und sich noch draller anfühlte.

»Hmm, gefällt er dir? Ist das besser?« Immer heftiger teilte er aus und ging dabei etwas auf die Seite, um ihre Wände noch intensiver zu weiten. »Du süßes Stück hast einen geilen Arsch!«

Jeannie legte ihren Kopf schwach auf die Seite und verteilte dadurch Sperma und Speichel von ihrer Wange auf seinem Bettbezug.

Er schob eine Hand unter ihre Brust und die andere unter ihre Möse. Nun knetete er ihr Fleisch und wischte über ihren Kitzler, was zeigte, wie gierig er war.

Jeannie keuchte. Ihr Arsch hatte etwas auszuhalten.

Pierre zog an ihrem Nippel. Er drückte ihn in ihr Fleisch und ließ ihn wieder herausploppen, während er nun fast zart wieder und wieder in ihr enges Loch drang.

Jeannie stöhnte auf. »Ah!«

Im ruhigen Moment des zarten Kreisens hatte er sie wieder mit einem würzigen Hieb überrascht. Und noch einer!

»Hmm, das ist gut, oder?«

Sie spürte regelrecht, dass seine Eier geschwollen waren und gegen ihre Backen klatschten. Nun fickte er sie noch deftiger, forsch und rasant.

»Soll ich aufhören?« Er wollte, dass sie ihn um Gnade anflehte.

Er hielt inne, beugte sich herunter und kniff fest in das Fleisch ihrer Titte. Seine Zunge näherte sich ihrem Ohr. »Willst du mich anbetteln, dass ich in dein Arschloch spritzen soll?«

Jeannie rieb ihre Lippen aneinander.

»Oder soll ich lieber auf deine Titten spritzen?« Er massierte sie heftig.

***

Jeannie lag erschöpft auf dem Boden, als Pierre sie losband. Sie spürte, wie sein Sperma aus ihrem Arsch lief und über ihre Beine rann. Sie fühlte sich benutzt und erniedrigt, aber gleichzeitig auch unglaublich erregt.

»Du bist ein gutes Spielzeug«, sagte Pierre und lächelte. »Ich werde dich noch oft benutzen.«

Jeannie lächelte zurück. »Ich freue mich darauf.« Als sie sich bewegte, spürte sie, wie ihre Muschi noch immer pochte und ihr Arsch schmerzte. Aber sie wusste, dass sie bald wiederkommen würde, um sich von Pierre benutzen zu lassen. Denn sie wusste, dass sie sein Spielzeug war und dass er sie immer wieder zu seinem Vergnügen benutzen würde.

Pierre wusste, dass er in Jeannie eine wahre Sklavin gefunden hatte, eine Frau, die bereit war, sich ihm vollkommen hinzugeben.

»Ich habe noch etwas für dich geplant, Schlampe.« Wie

vulgär er mit ihr sprach! Ihre geile Gänsehaut war wieder da.

»Ich habe jemanden eingeladen.«

Er hatte was? Jeannies Mund öffnete sich, doch er presste seine Hand darauf.

»Er wartet im Nebenzimmer. Komm!«

Er half ihr auf, doch statt sie gleich in das Zimmer zu begleiten, legte er ihr wieder seinen Gürtel um die Handgelenke und fesselte sie. Dann führte er sie zu einem Raum neben dem Wintergarten.

Oje! Ein Mann wartete dort auf wild aufeinandergestapelten Kissen, die auf dem kompletten Fußboden verteilt waren. Das Fenster war halb mit einem schwarzen Vorhang verhangen.

Der Typ sah aus wie ein Geschäftsmann. In seinem schwarzen Anzug wirkte er deplatziert und Jeannie spürte, wie ihre Nervosität wuchs.

»Auf die Kissen mit dir!«

Jeannie wollte schlucken, doch es gelang ihr nicht. Ihr entging nicht, wie lüstern der Mann mittleren Alters mit den schon leicht ergrauten Schläfen ihren nackten Körper musterte und seinen Blick dann auf ihrem mit Sperma befleckten Gesicht ruhen ließ.

Erst jetzt bemerkte sie, dass auf dem Fußboden zu Beginn des Kissenhaufens und an dessen Ende zwei Eisenstangen angebracht waren.

Jeannie gehorchte und ging auf die Knie. Prompt wurde sie von den Händen des Besuchers in die Länge gezogen und auf den Boden befördert. Gemeinsam schnappten sich die Männer ihre Füße. Jeannie konnte nichts anderes tun, als es geschehen zu lassen. Sie banden ihre Knöchel an der Eisenstange fest!

»Ja, spreiz ihre Beine schön weit!«, stachelte Pierre den Fremden an. »Jetzt ist sie bereit für dich.«

Oje! Der Fremde blickte auf Jeannies klebrige, weit gespreizte Möse. Unter ihrem Blick öffnete er seine so feine Hose und heraus schnellte ein verdammt breiter Apparat. Was immer Pierre hier für sie geplant hatte, Jeannie war noch nie zuvor geiler gewesen.

Der Mann stand auf und näherte sich ihr. Er griff nach ihren Brüsten und knetete sie fest, als wollte er sie testen.

Ohne weitere Worte warf er sich auf sie. Oje! Barsch drang er in Jeannies schmierige Muschi, während Pierre ihrem Blick standhielt und wieder begann, laut platschend seinen Lümmel zu wichsen.

Jeannie stöhnte unter den heftigen Schlägen des Fremden auf. Von einem Wildfremden hatte sie sich noch nie ficken lassen, aber es hatte sein Reiz. Sie stemmte ihr Becken in seinem Takt nach oben und sah, dass das dafür sorgte, dass Pierre seine Hand noch emsiger schleuderte.

Jeannie stöhnte auf und bewegte ihr Becken. Sie spürte, wie der Mann sie hart und schnell fickte, und kam erneut. »Ja!«, keuchte sie und meinte damit nicht ihren Muschifick, sondern richtete sich an Pierre, der seine Vorhaut gerade wieder weit zurückschob und mit dem Daumen über seine schmierige Eichel rieb.

Ruckartig zog der Mann zwischen ihren Beinen seinen Schwanz aus ihrer Möse. »Oh!«, ächzte er. So schnell? Und schon spritzte sein Sperma auf ihr Gesicht.

»Was für ein Schuss, was?«, fragte Pierre und schenkte ihr ein Zwinkern, während er mit seinem Prügel winkte. Die warme Ladung suppte aus ihrer Fotze, während der Typ aufstand und ohne ein Wort zu sagen einfach den Raum verließ.

Jeannie lag etwas erschöpft da, aber ihre Spalte gierte noch immer ungemein nach mehr.

Pierre legte sich neben sie. »Und, wie fühlt es sich an, benutzt zu werden?«

Er strich mit dem Finger über die Spermareste auf ihren Lippen. Sofort fing sie seine Fingerkuppe ein und saugte daran.

»Du kleines Luder«, zischte er und prompt stopfte er seinen Finger in ihre Möse. Er schob sich auf sie und während sein Finger noch in ihrem Loch war, drückte sich sein Riemen mit hinauf. Und hinein!

Gott! Ganz langsam schob er sich vor und zurück und achtete darauf, dass Schwanz und Finger nicht aus der Muschi glitten. Er ließ sein Becken sanft rotieren, sein Daumen bearbeitete nun ihren Kitzler in stetigen Kreisen.

»Mhh«, drang es aus Jeannie.

Kurz stieß er zu und sorgte dafür, dass sie versuchte, sich aufzubäumen. Es gefiel ihm, sie gefesselt vor sich zu haben.

»Gib mir mehr!«, keuchte sie schließlich.

»Bettle darum, dass ich in dich spritze!«

Jeannie hätte nie gedacht, dass ihr diese Worte über die Lippen kommen würden. »Spritz mich voll!«, sagte sie dann kaum hörbar und vollkommen geil.

Nun beschleunigte er seinen Fick, rieb heftig über ihre Perle und ließ ihre Muschi förmlich bluten.

»Oh ja!«, stieß sie aus und auch seine Gesichtszüge nahmen kantige Formen an, während sein Schweiß von seiner Stirn auf ihre tropfte.

»Mhh, ist das gut? Oder lieber so?« Er teilte noch flotter aus, rieb ihren Kitzler aber noch zarter.

Jeannie schloss die Augen. Sie ließ es zu. Sie kam, und das heftig, ohne dass sie sich rühren konnte.

Während er das wilde Zucken ihrer Muschi spürte, schoss er seinen Samen tief in ihre Fotze.

Dann legte er seinen Kopf neben ihren. »Diese Worte stehen dir.«

Worte? Jeannie überlegte einen Moment.

»Dass ich in dich spritzen soll. Das macht mich an.«

Oje! Wenn Jeannie geglaubt hatte, sie würde sein Haus bald wieder verlassen, hatte sie sich geirrt. Er weckte ihre verdorbenste Lust und sie war gespannt auf die nächsten versauten Überraschungen, die er für sie bereithielt.

Kurz fragte sich Pierre, ob er zu weit gegangen war. Aber als er seinen Lümmel aus ihr zog und viel Saft auf sein Gemächt lief, wusste er, er hatte die passende Sklavin für seine derben Fantasien gefunden.

»Bleibst du noch etwas?«, fragte er.

»Habe ich eine andere Wahl?« Sie lächelte verwegen und deutete auf ihre Fesseln.

»Nein, hast du nicht.«

Er nahm seinen Lümmel zwischen Daumen und Zeigefinger und begann bereits wieder, zart sein wulstiges Fleisch zu bewegen. Lange würde seine Verschnaufpause nicht dauern.

NICHT VERPASSEN: KOSTENLOS PER POST ...
»QUICKIE MIT DER CHEFIN«
DIE EROTISCHE ZUSATZGESCHICHTE
SCHNEIDE DIR DIE POSTKARTE AUS
UND SCHICKE SIE AUSGEFÜLLT ZURÜCK!

Exklusiv & kostenlos für unsere Buchkäufer:
»Quickie mit der Chefin«
Die erotische Kurzgeschichte & iPad-Gewinnspiel

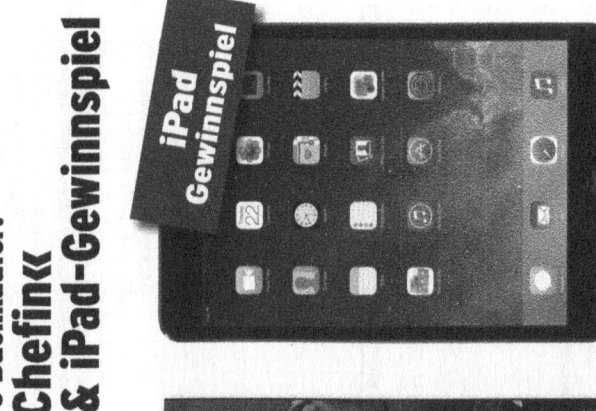

iPad Gewinnspiel

GRATIS

Kostenlos per Post:

Quickie mit der Chefin
Simona Wiles

Erotische
Kurzgeschichte

8 Seiten

Die Internet-Story
zu dem Buch:
»Ich will es heftig«

Die Verlosung erfolgt jeden ersten Freitag im Quartal (Datum des Poststempels). Gewinner werden schriftlich benachrichtigt. Mitarbeiter von blue panther books und deren Angehörige dürfen nicht teilnehmen! Der Rechtsweg ist ausgeschlossen!

NICHT VERPASSEN: KOSTENLOS PER POST ...
»QUICKIE MIT DER CHEFIN«
DIE EROTISCHE ZUSATZGESCHICHTE
SCHNEIDE DIR DIE POSTKARTE AUS
UND SCHICKE SIE AUSGEFÜLLT ZURÜCK!

☐ Ja, ich möchte am iPad-Gewinnspiel teilnehmen.

☐ Bitte schicken Sie mir die kostenlose Internet-Story »Quickie mit der Chefin« ausgedruckt per Post an meine folgende Adresse.

☐ BUCH-ABO / E-BOOK-ABO: Sie erhalten jedes neue Buch versandkostenfrei direkt und unverbindlich zugeschickt und zahlen bequem per Lastschrift oder Rechnung. Bei Nichtgefallen können Sie es einfach zurückschicken! Dies ist kein Club, kein Kaufzwang!

Name, Vorname ☐ Herr ☐ Frau
_____

Straße, Hausnummer
_____

PLZ, Ort
_____

Land _____ Geburtsdatum
_____

E-Mail (für aktuelle Informationen)
_____

Wie haben Sie von diesem Buch erfahren?
_____

Wo haben Sie dieses Buch gekauft?
Infos zur Datenverarbeitung unter: blue-panther-books.de/de/datenschutz.html

Mandy Moore – Ich will es heftig | 1. Auflage | M04 | 2922

Antwort

blue panther books
Osterfeldstr. 12-14 | Haus 1 | Nord
22529 Hamburg
Deutschland / Germany